しごとのはなし

太田光

第三章

個性とは？

日本人はアメリカ人よりも個性的である

第四章 表現とは？

今日も猫背で考え中

第五章 人間とは？

ダメじゃダメですか？

はじめに　しごとのはなし

この単行本は、雑誌『ぴあ』で連載された「しごとのはなし」を再構成したものだ。

連載及び書籍タイトルが、ひらがなだというのがすべてを物語っていると思う。

取材時は、与えられた2回分のテーマを思いつくままにしゃべていた。

取材場所は、ぴあの会議室だったり、赤坂のホテルの一室だったり。タバコを吸い、コーヒーを何杯か飲み、途中で遅い晩飯を食べたりもしながら、気楽にしゃべり倒したというのがその内容。まさに、「仕事の話」ではなく「しごとのはなし」だった。

そんな俺が、仕事について思うことといえば……。

まず、爆笑問題のテレビ収録を仕事だと思ったことがない。たとえば、VTRを見て思いついたことを適当に言うことのどこが仕事なんだよって。だったら、コンビニのレジ打ちとかのほうが、よっぽど仕事っぽいだろって思う。

それでまたね、俺がレジ打ち的な仕事にまったくもって向いていない。

高校生の時に引っ越し屋のアルバイトをしたんだけど、喧嘩して1日で辞めている。

というのも、みんなが重い荷物を運んでいるのに「俺はエレベーター係をやるから」かなんか言って「はいそこ、どんどん運んで！」と、その現場に一切必要のない指示出しの作業だけをして荷物はひとつも運ばなかった。そんなふうだから、その日のバイトが終わった時のロッカールームで「てめぇ、いい加減にしろよ！」と、みんなからすげぇ怒られちゃって。で、辞めた。日給の八千円は、ちゃっかりもらいつつ(笑)。

でもなぜ俺は、仕事に向いてないんだろ？

たぶん、「仕事」と「遊び」を両立できないからだ。

爆笑問題の仕事を遊びだと感じているのは、ある意味で高校生の頃の引っ越し屋での行動と変わっていない。引っ越し屋では「いい加減にしろ！」と怒られたけど、今のバラエティの現場では「いい加減にしろ！」とツッコんでもらえるってだけの違い。

遊び感覚の仕事なのか、仕事感覚の遊びなのか。

ラジオの仕事はもっとひどい。

ひどいというか気楽だ。俺、若手の頃からラジオの仕事は一切緊張したことがないんだけど、おそらく、実感がないからだと思う。ラジオの仕事は、別に衣装に着替えるわけでもないし、ふらっとブースに入ってふつうにしゃべるだけだからね。

ただまぁ、今は成立してるけど、こんな気楽な仕事なんて、いつかは終わるだろうなとも感じている。なんて言うんだろ。「ちゃんとしなきゃ！」みたいな感じ。それで言うと

「漫才のネタ作り」と「原稿書き」は、俺の仕事のなかでは、ちゃんとしてる仕事だと思う。

とくに、原稿書きは一般の人で言う「休日」に書いているから、余計にその思いが強い。テレビやラジオの収録のない日が1週間のうち1日ぐらいあるんだけど、その日を使って書いている。これがまぁ、書き終わるまでは本気で憂鬱だ。番組を収録してる時でも、頭の片隅には「今週はなにを書けばいいんだろ？」と、宿題のように残っているから。

テレビの仕事も原稿を書く仕事も、俺が常に意識しているのは「世間」という漠然とした存在だ。目に見えないその存在を、どうすれば納得させられるかを常に考えている。

批判も多いけど、もう慣れた。

逆に言えば、テレビで〝太田総理〟を始めた頃や『憲法九条を世界遺産に』を出版した頃には、批判されることに過敏になっていたんだと思う。たとえば、2ちゃんねるを読むとするでしょ？　すると、俺の主旨とは、あまりにも解釈の違う批判が書かれていた。その時期は、俺を批判する奴のところへ行って「俺が言いたかったのはそういうことじゃないから！」と、ひとりずつ説得したいとすら考えていた。〝太田総理〟の頃というのは、四六時中俺を嫌っている奴がいるような気がしていたのだと思う。

でも、最近じゃあ、解釈の違いで言うなら俺も同じ過ちを犯す可能性があるよなぁと思う。ネット上のA君が俺を文章で批判したとする。その文章を読んだだけの俺が「そうじゃない！」とA君を批判するのは、「俺が言いたかったのはそういうことじゃない！」と、逆にA君から反論されうる可能性があるよなぁと。

批判にはもう慣れたけど、反応がないことにはいまだに慣れやしない。

俺のなかで、ちゃんとした仕事である「原稿書き」は、読者が感動してくれるであろうことを期待して書いている時がある。『日本原論』シリーズは、読む漫才だから笑ってくれりゃいいんだけど、評論文だとか小説のようなものを書いた時は、読者に響いてほしいなと願っている。ところが、そういった文章に限って、まぁ一番反応がない(苦笑)。

いつの日か俺が「映画監督」という仕事をしたとする。その時の俺は、完全に評論文だとか小説のようなものを書いている時と同じテンションなはずだ。

俺は、観客に響いてほしいと思って映画を撮る。

なのに、その映画に対しての反応がなかったら俺は完全に壊れると思う。もうね、自我を保っていられるかどうかの自信がない(笑)。

それに比べて、この「しごとのはなし」は、ちゃんとした仕事とはほど遠い、遊び感覚の仕事だった。もっと言えば、喫茶店で友達としゃべってる感覚すらあった。

なので、読者の皆様も、コーヒーでも飲みながら気楽に読んでいただければ幸いです。

第一章

仕事とは?

学校では教えてくれなかったこと

夢のはなし

「夢のはなし」というテーマで、パッと思いついたのは、寝て見るほうの夢だった。

とはいえ、最近の俺は全然夢を見てないんだけど、数ヵ月前に見たのがウンコの夢。番組の本番中にウンコをしたくなって我慢してるんだけど、なぜか「我慢するということは生き方として守りに入ってるんじゃないか?」という気持ちになってくるわけ。で、「そんなんだからお前はダメなんだ!」と自分で自分にダメ出しをして、本番中だろうがなんだろうが、もうウンコをしちゃおうと決めた瞬間に「そういうことじゃねぇんじゃねぇか?」と我に返って目が覚めるっていう(笑)。起きてからも便意はなかったから、完全に精神的なものに起因する夢だったのだと思う。

その夢のちょっと前に見たのも、やっぱりウンコだった。

その夢の中の俺は、強烈な便意に襲われてトイレに駆け込むんだけど、かなりしたかったはずなのにちょっとしか出ない。「あれ?」と思って便器を見るんだけど、そこにはなぜかイチゴが出ていて(笑)。その夢はリアルな排泄感もあったから、意外とイチゴが出てくるのでも「ちょっとしか出てない」感覚なんだなぁと笑ってしまった。

そんな俺の見る夢は断片的なものが多いから、実際に見た夢がネタなどの発想につながった経験は数回しかない。

『テレビブロス』の連載では、一度だけ夢で見た内容を使ったことがある。

その夢の中で俺は、海の見える島にひとりで立っている。

とても美しい島なんだけど、俺が感じるのは人工的で埋め立て地っぽい感覚だった。ふと足元を見ると、無数の魚の死骸。よくよく見ると島全体が魚だけでなく動物の死骸で彩られていて、それがまたきれいな色合いで幾何学的な組み合わせも絶妙で……という夢。この夢も別にストーリーではないんだけど、『テレビブロス』の連載ではそれを膨らませて短編小説のように書いたっていうね。

夢を元ネタにして物語を作るのはアリだと思うけど、「夢オチ」は好きじゃない。

正確に言うと、リアルだと思っていた事象が、最後に夢でしたっていう夢オチがムカつく。だって、なんでもアリにしちゃったら、ずるいだろって思うから。逆に、現実にないことをリアルに描いておいて、最終的に現実に戻すとかの夢オチならばアリだと思う。

植木等さんが亡くなられた時に、夢オチの短編を書いたことがある。

天国か地獄かの別れ道に意気揚々とたどり着いたサラリーマン。まぁ、この男が植木さんなんだけど、別れ道にいる閻魔大王と映画の〝無責任男シリーズ〟みたいなやりとりをするわけ。当然、閻魔大王はハナ肇さん。『ニッポン無責任時代』の植木さんの役名が平《たいら》均《ひとし》というんだけど、うまいこと丸め込んで天国に行こうとした平均を、閻魔大王が呼び止める。

「お前、平均つってるけど、閻魔帳には植木等って書いてあるぞ。全部嘘だろ」

そこで平均が言う。

「嘘だと言うならお前の存在だって嘘だろ。閻魔大王なんて実際にいるわけがない。わかった。これは誰かの夢なんだな？」

で、ギクッとする閻魔大王を尻目に平均は天国への道を歩いていくってオチにしたんだけど、要は、実際の植木等さんが死に際に見ていたという夢オチにしたわけ。読者にどこまで響いたかはわからないけど、俺はこの手の夢オチならばアリだと思う。

「将来の夢」とかの夢なら、子どもの頃は「大工」だった。

その後、小学校高学年でチャールズ・チャップリンの短編映画にハマってからは、「チャップリンのようになりたい」というのが夢になる。ほかの友達のように「プロ野球選手になる」といったわかりやすい夢ではなかったから、当時の作文には、「将来の夢＝探偵」とか、適当なことを書いていた。

小学生だった俺にとってのチャップリンの魅力は、ずっこけたりする滑稽さにあった。サーカスのピエロ的なおもしろさは、子どもにしてみればわかりやすいもの。ところが中学生になって、チャップリンの自伝を読んだり、長編映画を見たりするにつれ、彼の作品には滑稽さだけでなく「深い意味」が込められていることを知る。

小学生の俺は萩本欽一さんも大好きだったんだけど、中2の正月に『オールナイトニッポン』を聞いて以来、ビートたけしさんに夢中になっていく。

その頃、欽ちゃんは24時間テレビをやり始めたりしていたから、たけしさんは「あんなのは偽善だ」とか毒舌を吐いていた。今にして思えば欽ちゃんがやってきたことは決して偽善だけではないと思うんだけど、思春期の頃なんて尖ったものに魅かれたりするじゃない？　で、俺は萩本さんを小学生の頃よりは好きではなくなり、たけしさんに傾倒していくんだけど、不思議とチャップリンへの熱は冷めることがなかった。なぜ、欽ちゃんへの熱は冷めて、チャップリンへのそれは冷めなかったのか。おそらく、チャップリンの作品に込められた「深い意味」が、時に残酷だったからだ。

チャップリンの作品に『街の灯』という長編映画がある。

最初にこの映画を見た時は、ロマンチックなラストシーンがいいなぁと感じた。主要登場人物は盲目の少女と浮浪者の紳士。実際は「浮浪者」なんだけど、彼の姿が見えない少女からすれば、なにかと親切にしてくれる彼を「紳士」だとしか思えないわけ。で、チャップリン演じる浮浪者の紳士は、少女の目を治すための手術代を稼ごうと盗みを働く。その挙げ句、捕まって牢屋に入れられてしまうのね。時は流れ、釈放された紳士が街を歩いていると、盲目の少女と再会する。この時、彼女の目は手術が成功して見えるようになっているんだけど、よろよろと近づいてきた紳士に少女はお金を恵もうとする。男は断るんだけど、手が触れあった感触で、その浮浪者が少女にとっての紳士だと気づく。男も「目が見えるようになったんだな」と気づくんだけど、最初はロマンチックだと感じたこのラストシーンも、実は残酷だなと思ったわけ。

なぜかと言うと、そのシーンの少女の表情が、再会できて良かったという感情にプラスして、かすかに落胆の色も含まれていたからだ。チャップリンの映画に「深い意味」があることに気づいてから見直したそのラストシーンは俺にとって鳥肌もので、「チャップリンはやっぱりすごい！」とさらに好きになっていく。

そう考えていくと、俺は「芸人になりたい」という夢を抱いたことがないということになる。まぁ、どこまでを芸人と呼ぶかという話だけど、チャップリンもたけしさんも、俺が憧れた頃には、舞台に立ってネタを披露するという意味においての芸人ではなかったからね。もちろん、たけしさんは漫才ブームでネタをやっていたけど、その後は自分の番組で人気を集めてどんどんビッグになっていった。俺は、その過程を夢中になって追いかけていたから「たけしさんのようになりたい」とは夢みても、「芸人になりたい」とは願わなかった。この点は、「チャップリンのようになりたい」と夢想した小学校高学年の感覚に近い。

だから、たけしさんが映画『戦場のメリークリスマス』に出演した時は衝撃的だった。その感情は「感動」ではなく、はっきりと「落胆」だった。

高校3年生の5月のことだ。

今でも鮮明に覚えているんだけど、『戦場のメリークリスマス』の公開初日、俺は新宿の映画館で立ち見でスクリーンを凝視していた。「こんな演技、とてもじゃないけど俺にはできない」、そう思った。チャップリンを通じて好きになった映画に、世間を笑わせまくっていたたけしさんが進出するなんて……。新宿の映画館からの帰り道、俺はずいぶんうつむいていたと思う。

いずれ年齢を重ねれば、そうなれるであろうといった類《たぐ》いのものとは違う衝撃。たけしさんの演技は、それほどまでに衝撃的だった。

のちに、たけしさんが『その男、凶暴につき』で映画を初監督した時は、逆にほっとしたものだ。その作家性は、俺が撮りたい映画とは違う方向だったからだ。まぁ、俺の場合、映画をいつ撮れるかなんて全然わかんないんだけど(苦笑)。

今の若い人たちは、自分の将来に対して夢を描きにくいとか言うけれど、それってどうなんだろう。

たとえば、俺が思春期の頃は、「自分の人生に期待するな。期待しなきゃガッカリもしない」というたけしさんの言葉に影響されていたんだけど、頭では理解したつもりでも自分の中で妄想が膨らんで夢ばっかり描いていた。その後、この世界に入れたのは、ある意味で夢がかなっていると思うし、でも、「コント番組がやりたい」と夢見てもなかなか実現できなかったりしているわけでね。

夢を見る。夢がかなった自分を妄想する。結果、「それほどでもなかったな」とガッカリする。俺の人生なんて、そんなことの繰り返しだから。一方で、たけしさんの言葉に励まされた人もいっぱいいると思う。要はその人のタイプがあるわけで、夢見がちで夢をかなえる奴もいればかなえられない奴もいるし、夢なんか見ないで成功する奴もいれば失敗する奴もいるということ。

もしも若い読者がいたとして、夢に関して俺なんかが言えることは、「ガッカリしろ」ってこと。もうね、次から次へとどんどんガッカリしろと。で、「ダメだこりゃ」と思う夜には、さっさと布団に入っちゃって、寝て見るほうの夢を見るのがおすすめです。

田中裕二のはなし

俺の仕事の相方である田中裕二のことは、なんだかもうよくわからない。

まずね、お笑いコンビ独特の関係性というものがあって、好きとか嫌いなんて感情を持っていると仕事にならないから。俺たちがモメるのって、たいていはネタを作っている時なんだけど、俺がおもしろいことを思いつかずにイライラしていて、しかも、本番まで数時間を切ったなんて場合が最悪。そんな時に田中がツッコミを間違ったりすると、まぁモメる。ふだんなら「ちょっと違うな。こうツッコんでよ」とか言えるんだけど、そういう最悪の状態だと「何回言えばわかんだよ！　20年やっててこれか！」となってしまう。

でも、田中にしてみれば、とにかく本番に間に合わせなきゃいけないから「わかったわかった。でも、今はネタを作るのが先だから」となる。もちろん、俺も焦ってはいるんだけど、今度はその「わかったわかった」がムカつくわけ(笑)。だから、「わかってないから言ってんだろ！」と言いながら、同時にネタのことも考えるっていうね。

いくらモメていようがネタのことは考え続けていて、かつ、5分前まで喧嘩していようが本番の舞台じゃ、ふたりでくだらないことを言い合う。あまりにも激しいギャップ。漫才コンビとは、本当に変わった職業だなぁと思う。

この類いのギャップは俺たちに限ったことじゃなくて、芸人はみんなそうらしい。たとえば『オレたちひょうきん族』の頃も、みんなでお化けの格好をしてコントを収録していた合間の待ち時間に、その衣装のまま、真剣な顔で人生相談をしていたそうだ。ふと我に返って「お化けの格好で人生を語る俺たちってなんなんだ？」というギャップ。その独特なギャップ感が、コンビというふたりだけの関係性になると、あらゆることを超越した上で成立せざるを得ない。

逆に言えば、「こいつは大嫌い。絶対合わない」という奴とは、コンビなど組めるわけがない。

爆笑問題が初めて（立川）談志師匠に会った時のことだ。

師匠は「いいか。田中を絶対に切るなよ」と俺に言ってくれた。

おそらく師匠は、ツービートを見ていて思うところがあったのだと思う。ツービートも解散したわけじゃないんだけど、たけしさんがひとりでブレイクしていった過程と当時の俺が師匠にはダブって見えたのかもしれない。もしかしたら、「ネタを作り続けろよ」というメッセージが含まれていたのかもしれない。その後、俺たちはネタを作り続けていて、その準備段階ほどモメるけど、解散の二文字が頭によぎったことはない。

ただ、談志師匠が言ってくれた言葉でひとつだけ「それはどうでしょう?」と思ったことがあった。師匠は「田中は日本の常識だ」とも言ってくれたんだけど、あれほど非常識な奴はいやしないから(苦笑)。

師匠ほどの人でも田中のことを常識的とするのは、ツッコミという職業柄なのだと思う。漫才における常識ってツッコミが担っていて、たとえば、コーヒーカップのことを「この花瓶がね」と俺がボケたとする。その時に、「コーヒーカップだろ!」とツッコんでもらえれば、観客にとっては「花瓶なわけないじゃん」というのが常識となる。ところが、「いや、花瓶にもできるけどさ」なんてツッコむと、観客にとっては「コーヒーカップを花瓶にする人もいるんだろうな」というのが常識になる。つまり、コーヒーカップを花瓶としたことが、あまり非常識なことではなくなる。

爆笑問題の漫才は、俺がツッコんでほしいフレーズを一言一句細かく田中に伝えている。「コーヒーカップになんの花をさすんだよ!」がいいとすると、田中はその通りに言ってくれるわけ。コンビによっては「そのツッコミのフレーズは言えない」といったやり取りもあるようだけど、田中裕二という男には、良くも悪くもクリエイティブなこだわりがないから(笑)。まぁ、だからこそムカつくこともあるんだけど、こと漫才のネタ作りに関しては、田中のその性格がいい方向に作用しているような気がしないでもない。

2009年の年末にこんなことがあった。

俺たちは作家も含めてDVD用の漫才を作っていた。連日みんなで集まっていたんだけど、なかなかいいアイディアが思い浮かばない。俺は気分転換にアイスでも食おうと思って、作家の秋葉という男にこう頼んだ。

「悪いんだけどコンビニに行ってアイス買って来てくれ。ハーゲンダッツのチョコバーのピーナッツのヤツ。なかったら、ハーゲンダッツのカップでナッツのヤツね。それもなかったら、どのメーカーでもいいから、とにかくナッツ入りのアイスで」

秋葉は「わかりましたぁ！」かなんか言って出て行ったんだけど、なかなか戻ってこない。しばらくして戻って来たと思ったら、買ってきたのが抹茶アイスだったわけ。

「なんだこれ？」

「いや、ナッツ入りのアイスがなかったんですよ。いろんなコンビニに行ったんですけど置いてないですね、ナッツ入りのアイス」

俺は「とりあえず電話してくるとかの方法があるだろ」と思ったけど、もうさ、怒る気力も失せて急にガッカリしちゃったわけ。コンビニといえば、欲しいものがたいてい揃っているところ。なのに、俺の好きなアイスは、ひとつの商品に限定せず何段階か要望を下げたにもかかわらず一切ないと。

俺の望むものと世間が望んでるものは同じじゃない。

そう考えたら、その時の俺が「おもしろい漫才を！」と考えてるネタも、ウケるわけねぇじゃんと落ち込んでしまったっていうね。そんなことをみんなに言ったら、一同きょとんとして「アイスひとつでなにを言い始めるんだ？」という空気になってしまった。

そこで、田中が口を開く。

「まぁ、わかるよ」

もちろんカチンときた俺は言う。

「お前になにがわかるんだよ！」

「いや、俺にも同じようなことがあるんだよ」

田中といえば、コンビニに置いてあるお菓子なら全部大好きという男。そんな奴に俺の気持ちがわかるわけがないと言うと田中が続ける。

「いやいや、俺にもあるんだって。俺ね、ポテトチップスのわさび味って好きじゃないのね。でもさ、最近の新商品って、やたらとわさび味が多いわけよ」

俺にしてみれば「……で？」って話。だってさ、田中は過去にカルビーのコンソメパンチをボリボリ食いながら、誰もなにも聞いていないのに「俺、もしかしたらコンソメパンチがこの世の中で一番好きかもしんない」ってひとり言をこぼした男だからね。たとえ、わさび味のポテトチップスが新商品で増え続けようとも、お前にはコンソメ味があるだろうと。なに言ってんの、お前と。

でも、ここで引き下がらないのが田中裕二だ。

「いやいやいや、たしかにポテトチップスの場合なら、コンソメ味で全然満足するよ。でもさ、たとえばアイスを食べようと思ったとするじゃん。で、雪見だいふくって気分じゃないしピノでもないなぁ、なんかないのかなぁって探して結局、食べたいものがないって時が俺にだってあるんだよ。ま、そういう時は雪見だいふくで全然満足できるけどね」

俺にしてみれば「は？　俺の場合と全然違うんですけど！」って話。だってさ、そもそも俺がアイスの話をしてたのにポテトチップスにすりかえたのは田中だし、俺が言いたかったのは「俺の望むものと世間のそれはズレている」って話だし、しかも田中が望むものは、結局コンビニにちゃんとあるんじゃねぇかって。

ただね、常識の話は別にして、こういう田中の深く物事を考えない生き方はすごいなぁとも思う。あいつが離婚した時もそうだった。ふつうはもう少し落ち込んでもいいはずなのに、「ん？　別に」って感じだったから。しかも、出会ってから30年近く、まったく進歩せずに変わらず田中裕二であり続けているのもすごい。ふつう、本人が望まなくても少しは進歩してまう。

伊集院光は田中裕二をして「怪物」と評している。

たとえば、ＮＨＫの『爆笑問題のニッポンの教養』という番組で、田中を間に挟んで、俺と哲学者がトークで盛り上がっていた時のこと。伊集院は、俺と哲学者の話を「なるほどなぁ」と感心して見てくれていたそうだ。でも、伊集院がふと思ったのは、「今一番すごいのは、こんなにも白熱した場面で一切なにも喋らずボーッとしている田中さんじゃないのか？」だったらしい。伊集院は「田中さんの沈黙こそ哲学なんじゃねぇか？」とも感じたそうだ。

それは俺、すごくわかる気がした。よく知りもしない人に「田中さんって実はおもしろいですね」とか言われるとムカつくけど、俺からみても田中裕二という男は「そこまでなにも考えずによく生きられるなぁ」とか、「よくぞ30年間、まったく進歩せずに生きられるなぁ」といった意味で興味深い存在だから。

そして、田中に対して多少は申し訳ないという気持ちもある。

俺は身近な人たちに対してしつこいぐらいに話しかけたりしてコミュニケーションを取る時があるんだけど、人によっては俺との会話を閉じちゃったりもする。俺自身、「これだけしつこかったらそりゃそうだよな」と思うんだけど、こと田中だけに対しては閉じることを許さなかった。たとえあいつが「ほっといてくれよ」という空気を出していた時でも、俺は田中だけには、その時間を与えなかった。それに対しては、さすがに申し訳ない気持ちがある。いくらコンビとはいえ、田中にもキツい時期があっただろうなぁと思う。

そんな俺が抱く田中裕二のイメージは、漢字一文字なら「汚」で、あえてカタカナにするなら「キモイ」です。田中という男は食べ方が汚いし、顔そのものもキモイ。怖いもの見たさなのかなんなのか、俺はじぃっと田中の気持ち悪い顔を見つめている時があるんだけど、そんな時の田中は「お前って本当に俺のことが好きなんだな」とか言って、またしても俺をムカつかせるのです(笑)。

リーダーのはなし

「リーダー」という言葉で思い浮かんだのは、ナベさんだった。

コント赤信号のリーダーである渡辺（正行）さん。俺が思うリーダーの条件みたいなものがあるとすれば「世話好き」ってことなんだけど、あの人は本当にすごい。俺らもお世話になった「ラ・ママ新人コント大会」を渡辺さんが始めたのって30歳の時。若手芸人の発掘や育成が目的だったと思うんだけど、そのライブを開催することでお金が儲かるわけでもないし、むしろ自分でお金を持ち出ししてたぐらいなはずで、それをいまだに続けているっていうのは本気で尊敬する。

ただね、その尊敬は「自分もそうなりたい」という類いのものじゃない。

俺は、リーダーという存在自体に興味がないし、深く考えたことすらない。

だからこそ、渡辺さんをすごいと思うけど、俺自身は若手の育成や弟子を取るとか他人のことに一切興味がなくて、もっと簡単に言っちゃうと、めんどくさいっていうね（笑）。だから、今でも後輩の芸人から相談されることは一切ないし、アドバイスするつもりもない。自分のネタはともかく、他の芸人のなにがおもしろいかなんて、わかるわけがないと俺は思っているから。

逆に言えば、自分たちが新人の時も、誰かのアドバイスを聞く耳なんて一切持っていなかった。

俺たちが新人の頃は、若手芸人がネタを競い合うコンクールや、テレビ局に行ってのネタ見せが死ぬほどあって、爆笑問題も通いまくってたんだけど、それはもう散々ダメ出しされていた。ある番組のプロデューサーには「お前ら、俺の番組を潰す気か！」と怒鳴られたこともあった。それがさ、番組に出演していて、まったくウケなかったのならわかるじゃない？　そうじゃなくて、中説といって、公開収録番組などで2本録りとかの時に間を埋める役割があるんだけど、その中説で会場に来ていた女子高生たちにウケなかったってだけで「どうやって責任取るんだ？」と。当時は、ウッチャンナンチャンが人気でショートコント全盛の時代だったから、俺たちの15分の漫才が女子高生にウケるわけもなく、まぁたしかにドン引きに近い状態ではあったんだけどね(苦笑)。

それから何年かして、爆笑問題がテレビに出られるようになった頃、そのプロデューサーの番組にネタ見せに行ったんだけど、俺はあえて怒鳴られたネタと同じものを選んで見せた。そしたら「やっぱりおもしろいねぇ！」とほめられちゃったっていうね。ま、この業界なんて、そんなもんなんです。

だから俺は、ネタに関するアドバイスには、一切耳を貸さなかった。

そういえば、まだ政治家になる前の舛添要一と大喧嘩したこともあった。

舛添さんは、〝フランス留学を経験した政治学者〟とかのふれこみでテレビに登場する機会が増えていたんだけど、その時は、若手芸人のコンクール的な特番の審査員を任されていて。まだ若かった俺は、まずそれが気に入らないわけ。なんで政治評論家がお笑いの審査員をやるんだよって。

で、同じ番組に今田耕司と東野幸治がWコージとして、シュールなネタをやってドッカンドッカンとウケていて。そしたら、舛添さんが「フランスにもこういうシュールなネタがあって」とか言って絶賛したわけね。楽屋のモニターでそれを見てた俺は、ますます気に入らない。当時の若手芸人はみんなそうだったと思うんだけど、同じ番組に出演している他のコンビに対して常にケンカ腰だったから。たしかに今田東野のネタはシュールでおもしろかったけど、俺は「ちきしょう、あいつらウケやがって！」ぐらいのテンションだったわけ。

その何組かあとに俺らが出てネタをやって、まぁそこそこウケたんだけど、今田東野ほどではなかった。そしたら、舛添さんが「どこがおもしろいのか全然わかんない」みたいなことを審査員として言ったわけ。政治評論家からすれば、若い爆笑問題が時事ネタをやっているのを生意気に感じたのかもしれないけど、俺は、本番中にもかかわらず舞台上からこんなことを言い返した。

「ふざけんなバカヤロー！　お前にとやかく言われる筋合いはねぇ！　てめぇは『朝まで生テレビ！』に出てりゃいいんだよ！」

もうね、会場の客はドン引きもいいとこだった。もちろん、今だったらその手のキャスティングも理解はできるけど、当時はほら、とにかく俺も若かったから(笑)。

じゃあコンクールやネタ見せがまったく必要ないかと言えばそんなことはなくて、若手発掘をしてくれる人たちがいるからこそ、世に出られる芸人がいっぱいいるわけで。しかも、頭にくるダメ出しじゃなくて、嬉しい言葉をかけてくれる人も存在していた。

俺たちがＮＨＫの新人演芸大賞を受賞した時（１９９３年）のこと。打ち上げの席で、審査員の人たちが一言ずつコメントをくれて「爆笑問題は漫才の間が非常に良くて」なんてほめてくれたわけね。それらの言葉はもちろん嬉しかったんだけど、最後の締めの一言が小松政夫さんで、俺はあの人の言葉が一番嬉しかった。

「あんたはエライ！」

小松さんは評論するというよりも、自身のギャグ一発で俺たちをねぎらってくれたわけ。やっぱり、芸人として生きてきた人は違うなぁと。小松さんの一言は、後輩だろうがなんだろうが、芸人が芸人に対する礼儀が含まれていると感じたものだ。

そういう意味じゃ、今回のテーマでパッと浮かんだ渡辺さんもそうだった。

ネタを見てダメ出しをすることはほとんどなく、「爆笑は今のスタイルのままでいいんだよ。続けることが大切だから」と、ずっと言ってくれて。当時は、それこそラ・ママの舞台しか仕事がない時期で、一部の人たちから「爆笑問題の漫才は古い」とも言われていたから、渡辺さんの言葉は俺たちの支えになった。

じゃあ、もっと広い意味でのリーダー、たとえば首相とか大統領とかの指導者が必要なのかと考えると、俺にはどうもそうは思えない。「総理大臣なんて、別に誰でもいいんじゃない?」というかね。

多くの人々が指導者を必要としているから、現在のように首相や大統領が存在しているというのは理解できるけど、俺に限って言えば、本当に興味がない。

むしろ、逆の思考のほうが興味深い。つまり、俺たちの仕事における指導者って誰なんだろうと考えると、「大衆」だと思うからだ。観客や視聴者が笑ってくれるかどうか。俺の仕事を評価してくれる意味での指導者的なにかって、「大衆」だと思う。

三波春夫さんが「お客様は神様です」って言葉を残しているでしょ? 俺はあのセリフが好きなんだけど、よくよく考えてみると、「お金を持ってコンサート会場に来てくれる人が神様です」ってことだと言えるわけで、決してわけのわからないものを神様だとはしていない。目の前にいる現ナマが神様なんだって意味だと俺は思うのね。そういう意味での「お客様は神様です」というセリフって、大衆芸能に携わる者としてものすごく正しいんじゃないかと思う。

生前の三波春夫さんに一度だけ会ったことがある。

1999年の『24時間テレビ』でのことだった。

SPEEDと俺らがパーソナリティだったんだけど、まだ子どもだったSPEEDは夜になるとホテルに帰っちゃうわけ。で、総合司会の徳光（和夫）さんも、けっこうな年齢だから帰ってしまって(笑)。となると、武道館には、募金を持ってきてくれる観客がいるから、CM中も俺らが盛り上げなきゃなんなくて。あの番組って、翌日の午後ぐらいが一番眠いんだけど、さすがにぐったりした頃にゲストが登場する。その年のゲストは、まず、ミスターこと長嶋茂雄さんだった。ミスターが登場しただけで会場が明るくなったんだけど、そのあと、三波春夫さんがステージ中央の階段から『世界の国からこんにちは』を歌いながら着物で登場したら、さらに武道館がパァ〜ッと明るくなって。三波さんのほうから客席に向かって、ブワァ〜ッて風が吹いていくような感覚が印象的だった。

俺が、いずれやってみたいと思っている映画監督とリーダーシップの関係性ってどうなんだろうね。俺は、監督というのは「どれだけ自分の我を張れるか？」が、その作品の勝負を分けるような気がしている。むしろ、リーダーシップを求められるのはプロデューサーで、監督は、いかにわがままでいられるかが重要なんじゃないかって。

そういう意味じゃ、爆笑問題のリーダーは田中だから。ま、ふたりでやっていてリーダーっていうのもどうかとは思うんだけど、渡辺さんのラ・ママに出演していた当時、ライブが終わって反省会があり、各コンビのリーダーが反省点を述べるという流れがあって。それがめんどくさくて「うちのリーダーは田中です」と言ったのがその始まりです(笑)。

珈琲《コーヒー》と煙草《タバコ》のはなし

俺はタバコが好きだ。

愛煙家のなかには世間の嫌煙ブームに対して不平不満を募らせてる人も多いようだけど、俺は怒りみたいなものが一切ない。禁煙区域が増えてもいるけど、喫煙所で吸うのも別にかまわないしっていう。今のところ、タバコをやめようと思ったことは一度もない。昔からマイルドセブン。最近では、1日1箱半ぐらい吸っている。

ある時期、「俺はタバコのどんなところが好きなんだろ？」と真剣に考えたことがあったんだけど、口から煙が出るのが好きなんだと気づいた。俺、モクモクしているものが好きだから。子どもの頃からモクモクとした雲が好きだったし、母親の化粧品でバババッて振ると白色系に濁ってモクモクするヤツもずっと見続けていた。

もうひとつ、俺がタバコを好きな理由があって、それはノドごしの良さ。煙を吸う。ノドに抵抗がかかる。そのノドごしの良さね。良さと言ってしまうとタバコを吸ったことのない人にはわかりづらいかもしれないけど、たとえば、外を歩いてる時に、ふと風が吹いて、ふわ～っと頭をなでられると気持ちがいいじゃない？　あれって、ふとした風を感じることで自分の存在が確認できているから気持ちいいと思うのね。その究極がセックスなんだろうけど、会話ですら、他者とコミュニケーションをとることで自分自身を確認している行為だと思う。ふとした風や他者だとか、自分以外のなにかが自己の存在を確認させてくれるということ。違和感と言ってもいい。そんな違和感をたまに感じられていないと、人間って生きていけないんじゃないかと思う。俺にとっては、そんなアイテムのひとつがタバコなんじゃないかって。

その時にさらに考えたのが、「人間はたまに違和感を感じないと生きてはいけない」にもかかわらず、同時にまた、「他者と同化したい」と願うという矛盾についてだった。

たとえばセックス。男が女の中に入りたい、ひとつになりたいと願う。でも、仮にセックスして完全に一体化できてしまったら、全然楽しくないんじゃないかって。一体化したいと願いそれに近い状態になったとしても、あくまでも自分を感じていたいというか、人との違いを感じていたいというか。だから、妊婦が「ものすごい幸せを感じる」と口にするのは、すごくわかる気がする。自分の体の中に子どもという他者がいて完全に一体化できている状態であると同時に、違和感、つまり、子どもという他者がいるからこそ自分を感じられているわけで、その感覚って究極だろうなぁと思う。

というか、タバコの話から、俺はなんてことを口走り始めているんだろ(苦笑)。

まぁ、タバコ好きの理由＝モクモクしたものが好き、ということにつながる俺の愛用品で言えば、デジタルカメラがある。リコーのGXRという機種で、今使ってるヤツで何台目かなんだけど、俺は雲ばっかり撮っている。その写真を俺の好きな写真家の梅佳代ちゃんが「見せてください」と言ったあとの感想が「なんか、おじいちゃんが撮った写真みたいですね」だったんだけど(笑)。

コーヒーは、平均して1日5杯ぐらいは飲んでるし、仕事現場などでの俺を知っている人にはコーヒー好きなイメージがあるかもしれない。たしかに、コーヒーが嫌いなわけじゃないんだけど、実は日本茶のほうが断然好きだ。家にいる時は、ほとんど日本茶ばっかり飲んでいる。これにも理由があって、外で飲む日本茶ってうまかったためしがないから。たとえば回転寿司屋でパックにお湯を注ぐタイプのものは、「いちおう日本茶ですけど」みたいなレベルがほとんどじゃない？　だから、外では日本茶の代わりにコーヒーを飲むんだけど、豆だとか挽《ひ》き方だとかにこだわりはない。ただし、『探偵物語』で松田優作がサイフォン式の本格的なヤツでコーヒーを淹《い》れている姿には憧れたものだ。『探偵物語』の第1話で、松田優作扮する工藤ちゃんが、依頼に来たシスターに本格的なコーヒーを淹れて差し出す。すると、飲んだ瞬間にシスターがハッとなって「あらおいしい！　こんなに丁寧にブレンドされたコーヒー初めて！」と言う。コーヒー好きの工藤ちゃんは嬉しくなって「もう一杯いきます?」と返す。その会話がめちゃくちゃカッコよくてシャレてるなぁって。まだ中学生だった俺は、親に頼んでサイフォン式のコーヒーメーカーを買ってもらって淹れてたんだけど、めんどくさいったらなかった。せっかく買ってもらったのに、だんだんと使わなくなった思い出がある。

愛用品というのなら、数年前から水筒に氷水を入れて持ち歩いている。「水筒男子」が流行る全然前からなわけだけど、俺が元祖・水筒男子になったのには理由があった。番組を収録している途中でちょっと休憩があったりすると水が出されるんだけど、ぬるいのが嫌だったっていうね。シャキッと冷たい水でクールダウンしたいというか、そういう気持ちから「水筒に氷水を入れて持ち歩くか」と。それ以来、常に氷水を飲んでいるから、俺はたいていおなかが痛い。

タバコ、デジカメ、日本茶、水筒。

いくつかある俺の愛用品のなかでも、とにかく一番大切なのはパソコンだ。もともと、爆笑問題を結成した当時からワープロでネタを書いていたんだけど、10年ほど前からノートブックタイプのMacを使うようになった。今、使っているのはＭａｃ Ｂｏｏｋ Ｐｒｏのハードディスク容量が一番大きいヤツ。3年ぐらい前から愛用しているんだけど、朝起きると必ず、読売、朝日、毎日、日経新聞の社説や、スポニチと日刊スポーツの芸能ニユースをチェックしている。

パソコンのなにが便利って検索というシステムだ。

これはもう、印刷技術が開発されたのと同じぐらい、めちゃくちゃすごい発明だと思う。原稿を書く時の調べものでネット検索する時はもちろん、読書の感想だとか、自分のアイディアとか、ふと思ったことや書いた事柄をファイルにして残しているんだけど、検索機能のおかげで、どれほど助かってるかっていう。逆に言えば、あとから検索しやすいように、書く段階で気をつけてもいる。たとえば落語について考えたとしたら必ず「落語」というキーワードを盛り込んで書く癖がついているほどだからね。パソコンを使うようになる前の俺は、ノートを持ち歩き、なにかを思いついた時はメモしてたんだけど、字が汚いからあとから読み返す気も起きなかった。だから今、「あれってなんだったたっけ？」と瞬時に検索できるのは本当にすごいことだと思う。

検索機能は日常的に使っているんだけど、たとえば「イラク戦争ってどうだったたっけ？」とネット検索すると、たいていはウィキペディアが最初に出てくるもの。でも俺は、ウィキペディアって基本情報にはなるとは思うけど、必ずしも正確ではないという心構えで読むようにしている。最近は見てないからどう書き換えられたかわからないけど、以前のウィキペディアでの俺について書かれた内容に間違いがけっこう多くて「あんまし信用できねぇのかな？」と思ったからだ。

俺にとってのパソコンは、相方の田中よりも重要な存在だと言える(笑)。だからこそ、調子が悪くなると心底憂鬱になるんだけど、そんな時、頼りになるのが俺のパソコンの師匠だ。もともとは、ラジオ局のディレクターでミキシングだなんだの機械オタクな人だったんだけど、いちはやくパソコンにもハマって、10年前に彼がすすめてくれたのがＭａｃだったってわけ。師匠は、その後、ラジオ局を辞めてそっち系の大学に入り直してさらにアメリカの大学で勉強して、今じゃ、ソフトを作ったりシステムを作ったりしているらしいんだけど、今でも俺のパソコンがトラブったりすると駆けつけてくれる。ついこの間も、パソコンの調子が悪くなったんだけど、「じゃ、やっとくわ」つって、タタタタタッとプログラム言語的なものを打ち込んで、俺が見たことのない画面を出して直してくれた。

パソコンを使うからこそ愛用するようになったアイテムもある。今、使ってるＭａｃは本体部分の角が尖ってて原稿を書いていると手首がすれて痛いから、それを防止するために俺はリストバンドを使っているのだ。通常のリストバンドよりも長めのヤツなんだけど、今や本来の目的以上の存在になりつつある。痛み防止というより、パソコンを使わない時もリストバンドをしていないと心配、みたいな。

もはや俺は、リストバンド依存症なのかもしれません(笑)。

プロとアマのはなし

それは、爆笑問題にとって初めての営業での出来事だった。

当時の所属事務所に入ったばかりの頃、熱海か修善寺だったと思うんだけど、温泉宿での営業で「ネタをやってこい」と言われた。でも、当時の俺らの持ちネタは、ラ・ママでやった5分のコントが2本だけ。しかも、テレビではかけられないような危ないネタばかり。なのに、その営業用の資料を見たら「宴会場、30分」とあって、田中とふたりで「どうすんだ、これ？」ってって(笑)。

しょうがないから、営業先に向かう電車のなかで、田中とふたりで「漫才でもやるか？」と話し合って「こんな話の流れで、途中、俺がモノマネするからツッコんでくれ」なんて相談したんだけど、なにしろ漫才をやること自体が初めてのこと。しかも、知名度もなにもない若造ふたりなわけで、客からしたら「誰だお前ら？」状態。

そんななか本番が始まったんだけど、漫才用のサンパチマイクが用意されているわけもなくハンドマイクでボソボソ喋っていたら、案の定、酔っぱらった客から「つまんねぇよ！　やめちまえ！」と野次が飛んできた。

その客の言い分はもっともだったんだけど、俺は「うるせぇ！」とマイクで言い返しちゃって「俺らは素人なんだから、つまんなくて当たり前だろ！　そんな奴を呼んだお前らが悪い！　素人呼んでんじゃねぇよ！」って(笑)。

もうね、そこからは客とマイクを持った俺との大喧嘩だった。「人が一生懸命仕事してんのになに飲んでんだよ！」とか、わけのわからないことも叫んだ気がする。最終的には、食事も出されてる場なのに「ウンコ！　ウンコ！」と俺が連呼して「もうやめる！」と10分ぐらいで引っ込んでしまった。

東京に戻ったら事務所の偉い人にこっぴどく怒られたんだけど、その時に言われた言葉は今でもよく覚えている。

「ダメよ、自分のことを素人って言っちゃ。あなたたちは素人じゃないんだから」

それ以降、営業や学園祭に呼ばれる機会があると、持ち時間を守ることだけは意識した。その手の仕事では、自分たちの持ち時間が余ってもオーバーしてもダメなものだからだ。最近でも国立演芸場で漫才をやる時など、持ち時間だけは、とにかく守ろうと心がけている。

ただ、芸人というのは資格もなにもないし、自称で始まるものだ。

そういう意味では、プロとアマチュアの差なんて曖昧なものでしかない。もちろん、お金をもらっているか否かという基本的な境界線はあるけど、少なくとも俺にとってのプロ意識は「ネタの持ち時間だけは守る」ぐらいしかない。むしろ、芸人の過剰なプロ意識が俺には似合わないし、好きじゃないのだと思う。とくに、テレビのバラエティ番組での「プロだったら、このボケに対してこうツッコむべき」といったプロ意識が、俺には予定調和に感じられて壊したくなる。

おそらくその意識は、バラエティ番組の出演者は、素人の集まりだと俺が考えているからじゃないかなぁ。芸人、アイドル、学者、政治家。それぞれに肩書きを持ち、ある分野ではプロフェッショナルと呼ばれる人たちがテレビに呼ばれて集まってるわけで、確固たるテレビ芸なんて存在しないんじゃないかって。昔から、事件現場のリポートの背後で「イエーイ！」なんてVサインして映りこみたがる素人がいるじゃない？　自分たちの冠番組をやらせてもらえる状況になった今でも、俺はあの「イエーイ！」をずっとやり続けているような気がする。

そんな俺が、バラエティの現場で「プロだなぁ」と感じるのは照明やカメラや大道具などの技術スタッフだ。あの人たちは、それぞれの分野の一流であり、プロ中のプロだから。出演者で言えばアナウンサーが唯一のプロと呼べる存在かもしれない。俺の考えるテレビというメディアは、多くの素人出演者をプロの技術者たちが支えながら作っているというものだ。

プロ意識の薄い俺は、この世界に入ってから初めて知った専門用語も多かった。

たとえば「天丼」。一説には由利徹さんが演じた取り調べのコントで「なんか食うか？天丼でもとるか？」と言うと誰かが天丼じゃない別のものを持ってきて「そうそうこれがスリッパ。ってバカ野郎！」みたいなノリツッコミを延々と繰り返していたのが原形らしい。そういった繰り返しによって生まれる笑いを「天丼」と言うらしいんだけど、「一説によれば」とか「らしい」とか、俺はいまだに「天丼」をちゃんと説明できないっていうね(笑)。でも、専門用語なんて知らなくても、天丼的な笑いは自然と覚えていった。今でも俺は、「天丼」というか、繰り返しの笑いが好きだし、むしろ共演者や視聴者に「しつこい！」と思われてるタイプだと思う。

それにしても、なぜ俺は芸人の過剰なプロ意識が好きじゃないんだろう？

その理由は、いわゆる業界人のノリが苦手なのにも通じる感覚のような気がする。深夜0時を過ぎたことを「テッペンまわっちゃってさぁ」と言ったり、六本木を「ギロッポン」と言ったり。あれって、業界人であることを、つまり「業界のプロ」であることを、ことさらに自己主張しているようにみえて俺は好きじゃないんだけど、芸人の過剰なプロ意識もそれに近いものを感じてしまう。

じゃあ、漫才に関してだけは、プロ意識があるかと言えばそうでもない。エンタツ・アチャコから始まる近代漫才の伝統があったとは思うんだけど、テレビの漫才ブームがすべてを吹き飛ばした。俺の感覚としてはだけど、漫才ブームこそ偉大なる素人芸であり、爆笑問題はそういう人たちに憧れてこの世界を目指している。つまり、俺たちは劇場の舞台に立つ漫才師を目指したのではなく、テレビが憧れだった。

逆に言えば、劇場で漫才をやっている人たちには玄人芸が存在すると思うし、それを否定するつもりはまったくない。たとえば、たけしさんに憧れたという共通点を持つ浅草キッドは、軍団に弟子入りして師匠が修業を積んだフランス座で自分たちも下積みから始めている。でも、俺たちは誰からもなにも教わっていない。漫才ブームをテレビで見て衝撃を受けて以来、見よう見まねで今に至っているわけで、師匠についたり養成所に通うといった、プロに至るなにかを学んだという経験が一切ない。だから、漫才に関しても素人芸なんだと思う。

結局、バラエティ番組にも漫才にもプロ意識が薄いってことなんだけど、俺と同じような感覚の人って意外と多いんじゃないかなぁ。実際、仲のいいネプチューンの名倉（潤）や、くりぃむしちゅーの上田（晋也）と話をしていると、そう感じることが多い。

とくに上田は、たけしさんに憧れてテレビの世界を目指しているし、松田優作のファンだったりもして、俺と共通点が多い。そう言えば、ボキャブラブームの頃、「どっちが松田優作を本当に好きか？」と、なにかの楽屋で言い合ったことがあった。上田は俺より5歳下だから「お前は優作のリアルタイム世代じゃない！　どうせ『ブラック・レイン』（1989年）からのエセファンだろ！」と俺。「俺は優作さんが通っていた下北沢のバーにも行った！　あんたは行ったことないだろ？」と上田。それこそ素人の言い合いみたいな、くだらないその会話を『タモリ倶楽部』放送作家の高橋洋二さんが聞いていてゲラゲラ笑ってくれて。のちに、『タモリ倶楽部』で「松田優作選手権」という企画になったんだけど、出場者は俺と上田のふたりだけだった。

プロ意識うんぬんよりも、俺が一番考えているのは、いかに飽きないようにするかということ。

爆笑問題は20年以上のキャリアを重ねてきたわけで、同じことを繰り返していれば世間よりも先に、まず自分たちが飽きてしまう。とくに俺たちの場合、時事漫才をやっているから、ある程度のパターン化は避けられないし、どうしても飽きがきてしまう。だからこそ俺は、表現する場を広げていこうとしているのだと思う。俺たちの素人芸にみんなが付き合ってくれる限りテレビもラジオもやる。2ヵ月に1回、ライブもやる。その上で、「小説を書こう」「映画を作ってみたい」と考える。俺は、自分で自分の表現に飽きてしまったら終わりだと思っている。

最後に、爆笑問題がひとつだけ心がけている「持ち時間の厳守」、その担当は田中だという事実はお伝えしておきたいものです。ある程度ネタが固まると、あいつが自宅でストップウォッチ片手にひとりで台本を読んで時間の計算をする。その後、ふたりでネタ合わせをして、本番の舞台にかけている。そういう意味では、爆笑問題の数少ないプロ意識を担っているのは田中だと思います(笑)。

ピンチとチャンスのはなし

ネタをハズした時。芸人最大のピンチは、やっぱりこれだと思う。田中とふたりでマイクの前に出て行く。最初のツカミが全然ウケずに「あれ？」となる。ツカミはＯＫだとしても次の展開でネタを飛ばしてしまうこともある。そういう瞬間は、変な汗がブワッと一気に噴き出してくる。あるいは、大事なところで噛んでしまう場合もピンチだ。不思議と言えば不思議で、「ここさえ噛まなければ大丈夫」という重要なところに限って噛むことが多いんだけど、その瞬間は本当に恥ずかしいし、確実にウケが弱くなってしまう。

ネタを飛ばしたり、噛んだりした場合の対応もケースバイケースだから難しい。「お前、今、噛んだろ？」と、こっちが指摘したほうが笑いになる場合もあるし、それは無視してネタを先へと運んでいったほうが盛り上がる時もある。正解がない。以前にも『爆問パワフルフェイス！』という番組のスペシャルで、若手に混ざって爆笑問題も漫才をやったんだけど、田中がネタを飛ばした。……と、視聴者には見えた場面があったんだけど、実は、その前に俺がいくつかネタを飛ばしていたっていうね（笑）。一気に噴き出す変な汗。

内心で焦りまくる俺。その焦りが伝染して、田中がネタを飛ばしたってわけなんだけど、その時は俺が指摘して笑いになった。逆に、ツカミからなにから全部うまくいってる時も、やってるこっちは焦っている。「今のウケてる状態をキープしなきゃ！」という焦り。だからね、本当にネタに関しては「うまくいってくれ！」と願いつつ、その場の感覚でなんとかしていくしかない。ただ、俺らの場合は、その手のピンチがほぼ毎回あるから、もう慣れてしまった。

逆に、芸人にとってのチャンスと言えば、まずはコンテストの類いだろう。俺らが若手の頃で言えば、『NHK新人演芸大賞』や『GAHAHAキング爆笑王決定戦』や『ボキャブラ天国』などがそうだった。

で、次のチャンスが冠番組だと思うんだけど、爆笑問題の場合は、初めてのそれに気負うことはあまりなかった。日テレの『号外!!爆笑大問題』や、テレ東の『大爆笑問題』など、各局でほぼ同時に〝初冠番組〟が始まっていたから、プレッシャーを感じる余裕がなかったのかもしれない。

むしろ、かなりの気合いが入ったのは、デビューしたてのド新人の頃の冠的番組。『LIVE笑ME!!』という番組で、5週勝ち抜くとご褒美として深夜の1時間を特番枠としてもらえたのね。たしか、「60分間放し飼い」という特番枠だったと思う。で、俺らが5

週勝ち抜いたあとで作ったのが『黒い電波』という番組だった。

俺が考えたテーマは悪趣味だった。

Mr.マリック的な予言者のコーナーを軸に、数本のコントを挟み込む構成。まず、俺が演じる予言者が、「今から死ぬ人を当てます」つって、電話帳をパッと開いて「この人！」って指差すと本当に死んでしまう。画面が切り替わると予言したその人の名前が映し出され、「おじいさーん！」かなんか言って家族が泣き崩れている。その予言コーナーに続いてコントになるんだけど、たとえば「金属バット殺人」というネタでは、中学生だか高校生に扮した田中が「おふくろを殺してやる！」と言って金属バットを握っている。カレンダーには「決行日」と印が付けられていて、数日後、その日がやってくる。「今日こそ決行だ！」つって、田中が金属バットを握ってそーっと部屋に忍び込むと、母親が風邪で寝込んでいるのね。予期せぬ展開に「どうしたの？」と田中が聞くと「ちょっと熱が出ちゃって」と母親。で、思わず看病しちゃうっていう(笑)。

コントのほかにも、実際に俺が街頭インタビューに行って「どんな死に方をしたいですか？」なんて聞くコーナーもありつつ、最後は予言者のコーナーに戻るんだけど、世界地図を前にして紋付袴姿の俺が立っている。よく正月番組なんかで見る巨大書き初め用のでっかい筆を手にしながら、「今から私が墨で点をつけたところで人が死にます」つって、墨で満たされたバケツに筆を突っ込んで予言しようとする。ところが、途中でつまずいて世界地図に墨がバケツごとこぼれてしまうわけね。その結果、世界中が真っ黒になった瞬間に世界規模の戦争が起きて地球の最後がやってくる……っていう、最後まで悪趣味な内容だった(笑)。

その番組は本当に好きなことをやっていいと言われていたチャンスだったから、相当気合いが入ったし、幸いにして視聴率も良かった。どの業界でも、ひとつのチャンスで結果を出すことが次のチャンスにつながると思うんだけど、爆笑問題も「黒い電波」が業界内で話題となって、次のクールからはえらいことになる予定だったらしい。その後、まぁいろいろあって予定されていた仕事は全部白紙となる。つまり、そのチャンスを逃した結果、俺たちは、まったく仕事がない時期が数年続くという最悪のピンチを迎えてしまう。

ピンチはチャンスでもあり、チャンスはピンチでもある。よく語られるその両面性は、芸人の世界でもまったく言い得て妙な言葉なんじゃないのかなぁ。じゃあ、チャンスをピンチにではなく、次のチャンスにつなげるためには、おもしろいことをやり続けるしかないわけだけど、テレビの世界は独特ななにかが求められる。

それはズバリ、事件性。

おもしろさが事件になるというのが一番の理想ではあるけど、若手芸人に与えられるチャンスは3分間といった短いもの。だとするなら、生放送でみんながぶっ飛ぶようなギリギリの発言をするだとか、なにかしらの事件を起こさなきゃダメだと考えた俺は、確信犯的に行動していた。

なぜ、若手時代の俺がそんなことを確信していたのかわからないんだけど、直感的なものだったように思う。逆に言えば、当時は失うものなんてなにもないわけで、殴り込みみたいな事件の起こし方は若い頃だからこそ可能だった。もちろん、そんなスタンスでのぞむと手痛いしっぺ返しをくらうこともある。でも、当時の俺は後悔するのが嫌だった。「あぁ、せっかく思いついたアドリブがあったんだから、やっときゃ良かったなぁ」なんて、自分で自分を抑えこんで後悔するほど最悪なことはないだろって。その思いは、チャンスをつかむためには攻めの姿勢が必要だといったカッコイイものじゃなくて、ただ単に「後悔するのが嫌い」という自分の性格と関係していたんじゃないかなぁと思う。

若手芸人が世に出ようとする時、一番大切なのはおもしろいかどうか。その上で求められる事件性というテレビならではの特性。それは今も昔も変わっていなくて、たとえば、楽しんごの登場なんて事件以外のなにものでもない。一方で、おもしろいけど世に出られない若手芸人もたくさんいる。昔、俺と同じ事務所でやっていたキリングセンスやZ－BEAMなんて相当おもしろかったし、チャンスも何度かあったはずなんだけど、残念ながら彼らがブレイクすることはなかった。おそらく、テレビで売れる売れないの境界線には、「事件を起こしたか否か」が重要な要素として横たわっている。

ピンチとチャンス。

一枚のカードの表と裏のような存在。

俺が一番感じるのは、そのカードさえ配られない、可もなく不可もなくといった状態が、実は一番ヤバイんじゃないかということだ。もしも、その種の状態が長い期間続いたのなら、それこそ大ピンチだろって。今の爆笑問題がどういう状態にあるのかなんて自分自身じゃわからないけど、だからこそ、新しいなにかに挑戦できるなら、そのチャンスをものにしたい。ゴールデンでの高視聴率番組や、『オレたちひょうきん族』のような混じりっけなしのネタ番組。昔からやりたくて、いまだに実現できていないことが俺にはたくさんある。

ただまぁ、それらのチャンスを得るには視聴率という俺の〝苦手なもの〟(※第二章参照)が存在するわけで、「どうすりゃ高視聴率を叩き出せるのか?」については、誰かにこっそり教えてもらいたいと切に願っている次第です(苦笑)。

ストレスのはなし

俺には「サウナ王」と呼ばれていた時代があった。

月1回のライブぐらいしか仕事がなかった頃のことだ。

俺は、いわゆるストレスを感じやすいタイプではないんだけど、その頃のサウナっていうのは、ある種のストレス発散だったんだと思う。ところが、最初は「サウナで汗をかくのって気持ちいいなぁ」って感覚だったはずなのに、「何分我慢できるんだろ?」と、なぜか自分との戦いになっていく。サウナに入っている時間が5分、10分と延びていき、15分、20分……最終的には30分まで記録が伸びた時、俺はついに「サウナ王」になったってわけ(笑)。

「サウナ王」を目指すには、水風呂がポイントで、まずはサウナに5分入ってから水風呂に2分浸かる。すると、体が冷やされるから、次のサウナでは10分までいけるようになる。で、その次は水風呂を5分、サウナを15分と徐々にサウナ時間を延ばしていくわけ。ただ、「サウナ王」ともなると、「っていうか、水風呂には何分我慢して入ってられるんだろ?」という新たな挑戦に心を揺さぶられてしまう。

水風呂は奥が深い。

最初の2分は「冷たい」というふつうの感覚なんだけど、サウナに10分入ったあとは体の表面が熱でコーティングされているから、水風呂に入ってもすぐには冷たさを感じない。当然、水風呂時間も延長できる体になっているんだけど、1回目のそれよりも遅れてやってくるのは「冷たい」を超えて「寒い」という感覚。で、サウナ時間30分のあとの水風呂は「冷たい」や「寒い」を超えて「気持ちいい」になるっていうね。おそらくは凍死寸前。そこまでいくと、聴覚が鋭くなり室内に流れている「チョロチョロ」という水の音がやけにクリアに聞こえてきたり、ふと意識が遠のいたりもする。俺は、雪山で遭難した人の最期が気持ちいいというのはこのことかと思っていた。だから、「サウナ王」時代は、ストレス発散法というよりも、むしろ、サウナ＝ストレスだった(笑)。

で、ストレスの話ね。

今の俺は好きな仕事ができているわけで、世間的な意味でのストレスは一切感じていないと思う。とくに最近じゃ、まったく人に気をつかわずに生きているしね(笑)。たとえば、生活のためにやりたくない仕事を続けている人がいたとして、下げたくもない頭を下げるなんてことは、そりゃあストレスだろうなと思う。おまけに、手当もつかない残業でもさせられた日には、たまったもんじゃないわけで、忙しさ＝ストレスだったりもするだろう。その点、芸人の世界は特殊で、忙しさにストレスを感じる人はいないはずだ。逆に、スケジュール表を見て「明日も仕事がないのかよ」と溜息をつくほうが、絶対に嫌だから。

言ってみりゃ、「仕事がない」というストレス。

俺自身、「サウナ王」時代は、月1回のライブとゴーストライターみたいな仕事しかなかったわけで、やっぱり仕事がないというストレスを感じていたんじゃないかなぁ。

ただね、今回のテーマで俺が一番思うのは、ストレスがあるからこそやり続けられるんじゃないかということ。子どもの頃からそうなんだけど、「わかってほしい！」とか「笑わせたい！」とか「感動させたい！」とか、自分の内面に渦巻く感情を吐き出してきた感覚が俺にはあって。今の俺が昔に比べてわかってもらえたとしたら「もっとわかってほしい！」となるし「もっと笑わせたい！」とも思う。たとえば、ネタ作りがうまくいかない時は、ストレスと言えばストレスなわけだけど、それがなければ俺は漫才を作り続けていないだろう。原稿という仕事にしても締め切りという、ある種のストレスがなければ絶対に書けない。テレビの仕事もしかり。最初は出られるだけで嬉しかったけど、爆笑問題で冠番組を持てるようになってからは、高視聴率番組や長寿番組を世に送りだして、もっと認められたいと願うようになった。要は、「もっと××したい」と感じているわけで、その「もっと」を生み出してくれる素《もと》みたいなものが、俺にとってのストレスなんだと思う。世間の人からすれば、怒りもストレスのひとつなのかもしれない。

もしそうだとするなら、俺は怒りというストレスも決して嫌いじゃない。もちろん、怒り＝ムカつくわけで、その瞬間は気分が悪い。最近の例で言えば、初めて書いた小説『マボロシの鳥』をある文芸評論家にラジオでボロクソに言われたんだけど、その人いわく、「太田さんは批評家としては一流かもしれないが小説を書かせるとこの程度なのか」と。「小説すばる新人賞だったら、本選にもいかず二次審査を通るかどうか」だと。小説の中身で言えば「説明しすぎ」なのと「変にオチをつけすぎている」のが気に入らないと言っていたことに、まずは軽くムカついた。

でも、その人も評論するのが仕事なんだからそこまでは良しとするじゃない？　ところが、その人は水嶋ヒロの『ＫＡＧＥＲＯＵ』も酷評してたんだけど、「今後の話で言えば、太田さんよりも水嶋ヒロさんのほうが可能性がある」と言った。俺は、その理由に一番ムカついた。水嶋ヒロは素直そうだから優秀な編集者がつけば伸びるかもしれないけど、太田光はたぶん頑固だから今後も変化しないだろうって言ったわけ。もうね、「なんなんだお前は！」と。「たぶん頑固」ってお前の先入観だろって話だし、書評とは一切関係のない先入観で、なぜ俺の今後まで否定されなきゃならないんだって。

とはいえ、人前に立つ以上、この手の的外れな批評から逃れられないのは仕方がないなとも思う。そこから逃げてしまったら、自分の作品がダメだったと認めてしまうようなもので、最終的には自己否定になってしまう。自分を肯定するためには成功するしかない。

たとえば、多くの芸人が出演するライブに俺たちも出たとする。で、爆笑問題の漫才がまったくウケなかった場合、俺は「今日の客はダメ。バカばっかり」と口にするだろう。でもね、そうは言っても他の芸人はガンガン笑いを取ったりしているわけで、結局は自分たちの力量が足りないということを体感しちゃっているから。つまり、客のせいにしたら負けだと、芸人はちゃんとわかっている。

だから、その評論家に対して怒りの感情を抱いたことも、「あいつはわかってない」で終わらせはしない。「説明しすぎ」と「オチをつけすぎ」という内容に関する数少ない指摘を次回作では、ちゃんと意識するから。まぁ、よく言えば向上心なんだろうけど、俺の場合は単純に負けず嫌いなだけで、その評論家のことも「ブスだからしょうがない」って自分たちのラジオで言い返したっていうね(笑)。その人が書評ではなく先入観で俺の今後を否定するなら、同じことをしてやろうと。書評の中身とは一切関係のない容姿について言われても「で？　どうすりゃいいの？」って思うでしょと。

もしかしたら、生活のために仕事をしている人たちからすると、好きなことを仕事にしている人間を幸せそうだなと感じるのかもしれない。でも俺は、それってどっちもどっちじゃないかと思う。

たとえば、サラリーマンの人が、嫌いな上司との関係性にストレスを感じていたとする。でも、そのストレスをなぜやりすごせるかと言ったら、夏休みに旅行してリフレッシュするなど、余暇という仕事以外の楽しみがあるからじゃない？　でも、俺はその余暇ってヤツをまったく楽しめないから(笑)。趣味といっても読書で充分なわけで、生き甲斐みたいなものが仕事に全部詰まっている分、仕事を絶たれたとしたら生きてもしょうがないと感じるはずだ。

そもそも、ストレス発散と言われても、どうすりゃいいのかがわからない。

一時期、ライブ終わりの打ち上げでカラオケに行ったりもしたけど、そういう時の俺はマイクを放さず、人の歌も邪魔しまくるから、まるで笑いの仕事がずっと続いているようなもので、ストレス発散というよりも疲れ果てていた。だから、仕事一筋に生きている人は、幸せではあるけれども楽ではないのかもしれない。つまり、どちらかのタイプが一方的に幸せではなくて、どちらもが自分とはタイプの違う人生を羨んでいる。

逆に、好きな仕事を選んで幸せだけど、それじゃあ稼げなくて生活がままならないってパターンは一番きつい。芸人の世界なんて、そんな奴らばっかりで、彼らに対して俺は

「爆笑問題がお前らの立場だったらとっくに辞めてる！」なんて言ったりする。でも、もしも爆笑問題がいまだに売れてなかったとしても、俺はなんとかしてこの世界にしがみついてズルズルと続けていたと思う。絶対に辞めていない。辞めて楽になれるとは思えない。そういう意味じゃ、才能があるのになかなか売れなかった古坂大魔王が最近プチブレイク中なのは単純に嬉しいし、「続けることって大切なんだな」と、ベタなことを思う今日この頃です。

第二章 世間とは？

ヒットの法則がわかりません

お金のはなし

俺には金銭感覚がまったくない。

さすがに財布は持っているけど、店に行って買物をするということ自体がない。

本はネットで買うし、服とかにしても番組で着て気にいったものを買い取るだけだから。今では見なくなったけど、長者番付ってあったじゃない？　あれって要は納税額だから「こんだけ税金を払うってことはいくら稼いだんだ？」と思って社長に聞いたことがあるのね。で、金額を聞いた瞬間は「うわ、すげぇな！」ぐらいは思ったはずなんだけど、次の瞬間にはその金額を忘れていたっていうね(笑)。

その感覚は子どもの頃からのもので、友達が「今月の小遣い、あと100円しかねぇよ」とか嘆いている気持ちがわからなかった。なんでみんな、そんなに金がいるんだろって。その頃から今も、俺には「絶対コレがほしい！」ってものがほとんどない。

唯一、ローンを組んでまで手に入れたのが、大学生時代のバイクだ。ホンダのVT250Zってバイクだったんだけど、当時の主流は風よけが前輪と後輪についているレーサータイプだった。でも、VT250Zはカウルがなくてクラシックタイプだったのが気に入った。それこそ穴があくほどカタログを見て36回ローンで買ったんだけど、自分じゃ全然払えなくて最後は親に出してもらったっていうね（苦笑）。

爆笑問題でデビューしてからは、家賃を払うことにすら窮するような貧乏を経ての今だから「金なんてなくても愛があればそれでいい」みたいな美しげな台詞は、絶対に言えない。貧乏な時期は生活もギスギスしていたのに比べて、今は余計なことを考えなくてすむからね。そもそも、俺らみたいな仕事って毎日、絵空事を考えているようなものじゃない？　なのに、金の心配をしないでいいっていうのは、こんなに幸せなことはないわけで。かといって「金さえあれば大抵のことはなんとかなる」とも思えない。たとえば、タバコの増税で500円に値上がりしたら、禁煙する人が増えるはずでしょ？　でも、俺は1000円に値上がりしても吸い続けるぐらいの余裕はある。貧乏な時期よりも幸せだなとは思うけど、逆に言えば、ある程度稼げるようになって感じることなんてその程度のもの。必要以上の贅沢をしようとは思わないし、セレブのような生活に対する憧れが、ただのひとかけらもありはしない。

だからなのかわかんないけど、取材などでも「芸能人のオーラがないですね」ってよく言われる。実際、ある夜にみんなと事務所の前を通ったら、女連れで歩いてる若い男とすれ違った。で、その男が俺にまったく気づかずに「ここさ、爆笑問題の事務所なんだよ」

とか言ってるわけ。女のほうが「会ったことあるの?」と聞いて、「太田には会ったことあるんだけど……オーラゼロ!」ってって。っていうか、俺、今話題になってるその事務所の前に立っていますからと、さすがに寂しかった(笑)。

そんな俺が思うお金の価値って、ただの秤《はかり》でしかない。

現代社会で多様化する価値観をある程度統一するための秤。

秤は人間が使う道具だ。なのに、今の時代は道具であるはずのそれに、人間が操られているような感覚が俺にはある。

たとえば、三ツ星のレストランで何万円も払って食べるフルコースよりも、貧乏な時に、ちょっとだけ金が入ったから今日だけは奮発してカツ丼を食うかって時の飯のうまさ。お金の秤で言えば3万円対800円だとしても、貧乏時代の800円のカツ丼のほうが圧倒的にうまいはず。

感動に関してもそうだ。たとえば、俺は思春期にピカソの「泣く女」を見て感動した。仮に今「泣く女」を買い取れるほどの収入があったとする。でも、その絵を家に飾ったとしても、思春期ほどの感動が得られるかと言えば絶対に無理だと思う。

ホリエモンや村上ファンドが台頭した時期に感じたのは、お金に価値観を見いだしているというよりも、お金を生み出す技術に陶酔していたのではないかということ。

言ってみりゃ、ゲーム感覚。

次から次へと金を生み出すアイディアを思いつくことが彼らにとっては快感だったような気がしてならなかった。もし、そうだったとするなら、それはそれでわからなくもない人間の心理だと思う。

でも、彼らが見落としていたのは、お金の価値が移りゆくすさまじいまでのスピード感だ。たとえば、ある時の俺が「自分の頭の中にあるもの」に一番の価値観があるとする。次に、文章でそれを表現しようとして、原稿用紙と鉛筆を文房具屋で買う。その瞬間、俺の頭の中から「文房具」へと価値観が移っている。この時の俺にとって文房具がなければ表現できないとするなら、わずか数百円の原稿用紙と鉛筆には、流通価格以上の価値があるということだから。

で、次のステップ。俺が書いた文章が素晴らしいものに仕上がってくれたとして、その価値は「文章そのもの」に移っていく。この瞬間、原稿用紙と鉛筆の価値観は過去のものになったと言い換えてもいい。

さらに次のステップ。その文章が書籍化されたとしたら、文章そのものから「本の値段」という価値に移っていく。

価値観の推移は、これで終わらない可能性を秘めているのが興味深い。もしも俺の書いた文章が、読者の心に響いたのなら、その価値観は、本の値段から「読者の頭の中」へと移っていく。下手すりゃ、文章を書く前の俺の頭の中以上の価値を見いだす人がいてくれるかもしれない。俺がピカソの「泣く女」を見て、入館料という秤が示す金額以上の価値を見いだしたように。

ホリエモンたちは、この価値観の移ろいゆくスピードに翻弄されたのだと思う。ましてや、俺の文章の例には「感動」という人間らしい感情が左右するけど、彼らのマネーゲームは純粋に金を生み出すためだけのデジタルなもの。でも、金のやりとりをするのが人間である以上、カーナビのように次の推移地点をデジタル表示してくれる指標などなかったはずだ。ある瞬間から次の価値観への推移を見失ったのなら、彼らもまた、ある意味で人間らしい。

亀井勝一郎が、ある評論文で次のような言葉を綴っている。

〈貧乏だからといって倹約だけをするのはよろしくない。道端に咲いている花を摘み花瓶にさすという生活の彩り。こういった行為は人間にとってまったくもって無駄ではない〉

つまり、お金をかけなくても人生を楽しむ方法はあるはずだと。花を愛でる感情は、一見すると価値などなさそうに思えるけど、実は、衣食住と同等の価値があると。

なるほどなぁと思う。でも、もう一歩踏み込んで考えると、すべての人間が花にその価値観を見いだせるわけじゃないよなぁとも思う。だからこそ、花じゃなくてもいいんだけど、お金という秤以外の自分なりの価値観を見いだせるか否かって、相当な才能が必要なんだろうなと思う。

だから、お金のはなしってすごく難しい。

たとえば、勝ち組負け組という言葉を年収だけで判断することに意味なんてないと思うけど、俺が経験した貧乏時代で言えば、年収ゼロな自分に対して「情けねぇな」と感じなければダメだと思う。金を稼ぐという目的は、持たざる者がなにかをしようという時、その背中を押してくれる存在でもあるのだから。

ただ、俺の場合は、「もっともっと稼ぐぞ！」とはならないっていうね。

今でも、最高のごちそうは、「たまごかけご飯」と「お茶漬け」だから(笑)。

こういう話をした時、俺は、心の底から料理人にならなくて良かったと思う。もしも、今の感覚のまま料理人になり、あらゆる高級料理を作れるようになった挙げ句の自己最高のごちそうが「たまごかけご飯」と「お茶漬け」だったのなら。「料理人なんて、やってらんねぇ！」、俺はきっとそう叫んでしまうことだろう。

不景気のはなし

爆笑問題がデビューしたのは、バブル崩壊の直後だった。

とはいえ、テレビ業界は、まだバブルが続いているような感じで、今じゃ考えられないような高額の制作費をかけていた。「何億かかってんだよ！」ってセットもあったし、番組が提供するプレゼントもやけに豪華だった。ところが、当時の俺らは仕事がまったくなかったから、業界のバブル期にいい思いをした経験がない。たまに営業が入って、当時流行っていたマハラジャというディスコにクリスマスパーティーの司会で呼ばれたりしたんだけど、同じ年ぐらいの連中がはぶりよさそうに着飾ってるなか、俺らは安いギャラでビンゴの進行をしてたっていうね(苦笑)。

つまり、景気がいいから儲かっていたという経験がないから、「不景気だ」と嘆く今の世の風潮に、まるっきり共感できているわけじゃない。サラリーマンの人が「この不景気で失業したらどうしよう？」と不安になる気持ちは想像できるけど、そもそも、俺たち芸人は常に失業者みたいなもんだから。芸人は就職して正社員になるわけじゃない。景気が良かろうが悪かろうが、飽きられたら終わり。保証もないから、そうなった時点で失業状態だからね。

とはいえ、テレビ業界の不景気で言えば「弁当が出なくなった」とかは体感している。番組の収録を通じて、経済や金融の専門家に「景気対策」について聞くことも多いから、不景気の話が遠いわけでもない。

俺は、その手の専門家の話に納得はしても信じていないところがある。もっと言えば、専門家が言うことは話半分で聞いておいたほうがいいとさえ思っている。なぜかと言うと、めまぐるしく変わる市場を的確に予測しコントロールすることなんて、「できるわけねぇだろ！」と思うからだ。

たとえば、小泉内閣時代に金融や経済財政政策を担当した竹中平蔵さんは、当時の日本で一、二を争う経済学者だったわけでしょ？　そんなプロ中のプロが担当しても、日本経済が抜本的に回復することはなかった。ということは、専門家がいくら分析して対策を練ろうが、市場っていうのは勝手に動いていくってこと。俺は視聴率というものをある意味で信頼しているんだけど、それと一緒なんじゃないかなぁ。市場の動きは政府や専門家がコントロールするのではなく、市場に任せておくべきだと思う。

もちろん、専門家ならば、結果から原因を探ることはできるだろう。

たとえば、バブル景気の発生原因ね。諸説あると思うけど、俺が理解しているひとつの見方で言えば、まず、前提として当時の日米関係があった。いわゆる日米貿易摩擦。バブル期前夜、日本は輸出で稼いでいた。そんな時、アメリカでジャパンバッシングが起こる。いわく「日本車を買うと自分たちが勤めている自動車工場がつぶれちまう！」と。

そんな時期に交わされたのが、1985年のプラザ合意。アメリカの貿易赤字を解消するために円高ドル安にしようって言われて日本がのんだ。当然、円高にすれば輸出が減る。アメリカはひと安心。じゃあ日本はどうすりゃいいんだとなって「内需にお金を使いましょう」と政府が推進するわけ。その流れで地価が急騰する。それまでは禁止されていた土地を担保にしてお金を借りることが許されたもんだから、巻き起こったのが投機ブーム。土地を担保にして別の土地を買い、地価の上昇による利ざやで儲けるっていうね。地価も上昇を続けた。それが、バブルだった。

……って分析は、今聞くと「なるほど」とは思うけど、当時は「バブル景気がはじける」と予測した専門家は誰ひとりいなかったから。むしろ、地価は絶対に下がらないという「土地神話」がもてはやされて、日銀という金融のプロの集まりを含めて、みんながそれを信じていた。

で、現在。

最近の専門家は、「デフレスパイラル」だと言うけど、本当にデフレなのかよとさえ俺は疑っている。専門家は価格破壊によって物価が安くなっていると言う。たとえば、ジーンズ690円は安すぎるでしょうと専門家は言うけど、もしも市場がその値段を求めたのなら正常な価値なんじゃないのって見方もひとつアリなわけでね。しかも、その価値観は、生まれた時代にも左右されるはずで、俺らのようにバブルを経験した世代は「安くなったな」と思うだろうし、今の若者は最初からそうなんだから「安い」とは感じないはずだ。むしろ、ちょっと値上がりしただけでも「高ぇな！」と思うかもしれない。なのに、専門家は「本当の価値に戻しましょう」と言う。

デフレスパイラルによって倒産している企業が増えているというけれど、見方を変えれば淘汰されているとも言えるわけでね。同じく失業者にしても、失業するべくして失業者となった人だっていると思う。いろんなカタチの倒産や失業が想像できるにもかかわらず、ひとことで「デフレスパイラルだから」で片付けてしまうのは、あまりにも大雑把だし繊細さに欠ける。

俺が一番怖いなと思うのは、この不景気な時期に、あてずっぽうな予測をすることだ。もしも、専門家が考える価値と消費者が望む価値がまったく違っていたら、その予測そのものがダメなわけじゃない？　ダメな予測にのっとった金融政策をしたって効果は望みづらい。そんな状況で物価が上がっても、おそらく消費者の購買意欲は高まらず、経済状況が上向くこともないんじゃないかなぁと思う。

あと、専門家が言う「本当の価値」って、俺には「もう一度、バブルを起こしましょう！」と言っているようにさえ聞こえる時がある。もしそうだとするなら、それはやっぱり怖いことだと思う。なぜなら、バブルの頃は「本当の価値」からはほど遠く、完全にそれ自体を上まわる価値が発生していたのだから。

ただね、不景気だからこそのチャンスはあると思う。

それは、ビジネスチャンスの類いではなく、「日本はこれでいいのか？」と検証するいい機会だってこと。バブルの頃、バブル崩壊の頃、そしてITバブルの頃。何度か同じようなチャンスがあったけど、今が日本の経済のやり方を見直せる絶好のタイミングのような気がしてならない。

たとえば、事業仕分けの時の蓮舫は「なぜ、世界で1位じゃなきゃダメなんですか？」などと言って識者に叩かれたけど、俺も「1位じゃなきゃダメ」とは思っていない。

競争社会において1位を目指さないものは2位にも3位にもなれないという反論は、いちおう理解できるけど、じゃあ日本が世界で1位になれたとしても、個人が世界で一番幸せを感じられるかって言ったら、また別の話だからだ。実際、経済大国じゃなくても、日本よりも個人レベルで豊かな国がいっぱいあるし、第一、今の日本には、その競争をするためのお金がないという前提がある。そんな時節ならば、金がないならないなりに、研究や開発するのは当たり前の話だろうと思う。なのに、科学者たちが蓮舫発言にやたらとかみついていたのには違和感があった。

じゃあ、今の不景気で俺が検証していることはなにかと言えば、経済活動にはある種の性格＝キャラクターがあるのではないかということだ。

ＩＴバブルでホリエモンが登場した時にも散々言ったんだけど、アメリカの市場に全部が全部引っぱられすぎなんじゃないか。日本には日本独自のやり方があるんじゃないかと思うのだ。

アメリカ型経済のやり方って、俺にはどうしても日本に合っていないように感じられてしまう。アメリカ流の金銭感覚と言ってもいい。どちらがいい悪いではないんだけど、たとえば日本人は、ご祝儀的なものを渡す時に「ほんの気持ちです」と言ったりする。要は、お金が単なる数字ではなくて、もうひとつのなにかが乗っかっている。おそらく、この手の金銭感覚は、アメリカからすれば理解しづらいはずで、逆に、アメリカではホテルのベルボーイがチップを当然の権利として受け取るけど、日本の慣習としては根付いていない。文化の違いと言えばそれまでだけど、逆に言えば、経済活動におけるある種の性格＝キャラクターが違うってことの証明でもある。

アメリカ映画に『マイ・フェア・レディ』という作品がある。

同名の舞台を映画化した作品で、オードリー・ヘプバーンが主演した名作なんだけど、よくよく考えるとひどい話だったりもする。言語学の教授と友達が、田舎娘のオードリーを淑女に変えられるかどうかを賭けるって話で、最終的には恋愛が成就してハッピーエンドなんだけど、俺はちょっとした違和感を感じてしまう。要は、人をモノ扱いして賭けの対象にしてしまっているわけで、その点がどうしても引っかかってしまうからだ。

一方で、日本で女性の立身出世ものと言えば『おしん』が有名だ。おしんは、基本的に自分の力で未来を切り開くストーリー。いい悪いじゃなく、アメリカと日本って、やっぱり違うキャラクターなんじゃないかなぁと思う。

経済や金融っていうのは、『マイ・フェア・レディ』型の行為をすんなりできる人のほうが得意だと思う。一方で、俺と同じように『マイ・フェア・レディ』型の生き方に、今の日本人の多くが違和感を抱くとするなら、アメリカの市場に全部を引っぱられるのではなく、日本独自の経済のやり方を模索するほうが意味のあることではないかと思う。

俺が思う「不景気のはなし」は、読者に伝わったのだろうか？

ま、経済の専門家が言ってることを話半分で聞いておいたほうがいいのと同様に、芸人が言ってることも話半分で聞いてもらえりゃ幸いです。

苦手なもの

のはなし

世間には誤解されてるなぁと思うけど、実は俺、好き嫌いが激しいタイプではない。

バラエティ番組にしても、演出や編集にまで、ものすごくこだわりを持ってるように思われがちだけど、任せっぱなしだから。もちろん、自分の発言などに関しては「あそこはこうすりゃ良かった」とか収録終わりで毎回反省するけど、演出や編集に対しては一切口出しをしたことがない。

だから俺は、苦手なものって意外と少ない。

むしろ、「苦手なものがあるのが嫌」という性分なんだと思う。

子どもの頃はピーマンと椎茸が食べられなかったけど、おいしそうに食べている人が実際にいるのに食べられないのが悔しくて、自分で克服して食べられるようになったからね。ちなみに、もともとは左利きだったのに右利きに矯正したのも、「左利きは嫌だ。右利きに変えよう」と自分で決めたからだった。逆に言うと、たとえば親から言われたとしても変えたくないことは変えない子どもだった。

とはいえ、生理的に「絶対無理！」という苦手なものといえば、雷だ。今でもかなり怖いのに、子どもの頃は本気で怖かった。同級生たちはたいして怖がっていなかったけど、落雷が当たったら死んじゃうし、当時その頻度もしょっちゅうだったのが恐怖だった。

寒いのも苦手だ。

俺は、テレビ局からみて、わりと使いやすいタレントなはずなんだけど、寒さだけはどうにも不機嫌になってしまう。以前、ロケもののトーク番組で『HR《ホームルーム》』というのがあった。そのロケが冬で深夜だったりした日には、露骨に嫌そうな顔をして、ひとこともしゃべんなかった。あげくの果てには「寒くてしゃべれねぇんだから、こんなロケすんなよ！」とか言い出す始末。完全にプロ失格だとは思うけど、それぐらい寒いのは苦手だ。

あとは、なんと言っても数字ね。

暗算なんて意味がわからない。もちろん時間をかけてやればできるんだけど、まったくやる気が起きない。子どもの頃、親に頼んでそろばん塾へ通わせてもらったんだけど、まさに三日坊主。その塾では10級から始まって次の回には9級に進むって感じだったのに、俺は10級のままやめている。

買物に行った時の端数とかも大の苦手だったりする。たとえば、会計が805円で5円の端数がある時に、1005円を払ってお釣りの小銭を減らす方法は覚えたんだけど、5と5じゃないやり方もあるじゃない？　仮に806円だったとして1011円を払って

205円にするみたいな。今は説明しようとしてしゃべってるからギリギリなんとかなってるけど、本質的には、どういうからくりでそうなってんのかが一切わからない。

そんな感じだから、大学生の時に、ダンゴ屋のバイトをした時は大変だった。

お釣りのからくりをわかってる奴らが、客として1011円とかを渡してくる。ダンゴ屋は客の回転数をあげなきゃ利益にならないから、ゆっくりと考えてる暇はない。その結果、俺の手渡す釣り銭は全部が適当だった。しかも、少なく渡すと文句を言われそうだったから、なるべく多く渡しておいたっていうね(笑)。

まぁ、買物とかの数字はどうとでもなるけど、どうにも無視できない数字がテレビの視聴率。ただ、これに関しては「苦手」という意識よりも、「謎」という感覚のほうが近い。

前提として、俺は、視聴率の高い番組の勝ちだと思っているし、それを実現できるタレントが一番才能があると思っている。だから、完全に負け惜しみでしかないんだけど、どうすりゃ数字が上がるのかがまったくわからない。おもしろいことをやったからといって数字はついてこないし、じゃあつまらないことをやっても数字が上がるわけじゃない。

ある特番で、さまぁ〜ずと一緒になった時も視聴率の難しさの話になった。爆笑問題とあいつらとは同期だから、ふだんはくだらないことばっかり言い合ってるんだけど、その時は、なぜだか視聴率の話になって。俺が「視聴率ってほんとわかんない」って話をしたら、さまぁ～ずのふたりも「あればっかりはわかんない」とうなずいてくれて。それでも、「また一緒に番組をやりたいね」って話になったんだけど「でも、俺たちで視聴率取れるかね?」という疑問が生まれたってわけ。

その時、俺は冗談半分でこう言った。

「田中とさまぁ～ずの3人で番組を始めてくれ。で、ある程度数字が安定したら俺も参加するから」

半分は冗談じゃなく、俺には、自分が視聴率を下げてるんじゃないかと感じることがある。要は、爆笑問題・太田光に対して嫌悪感を持っている人も多いんじゃないかと感じていて「太田が映ってるからチャンネル変えよう」という視聴者もいるんじゃないかって。

考えてみたら、俺らほど冠番組を終わらせてるタレントって、いないと思う。

要は、高視聴率番組が少ないから長寿番組になりにくい。

『サンデー・ジャポン』のように俺らにしては視聴率もよくて10年目に突入した番組もあるにはあるけど、俺らが自分たちの冠番組で視聴率20%を超えたのって、つい最近のことだから。数年前の『クイズ雑学王』の特番が初めてだったんだけど、俺は、視聴率って通知表的なものだと思っているから、すっごく嬉しかったのを覚えている。まぁ、ふつうはもっと早く20%超えをするものだし、『ネプリーグ』なんて何度も20%を超えているわけで、「どうなんだ、俺たちって?」と思わずにはいられなかった。

視聴率に関しては危機感の塊でしかない。

もしも、「番組がおもしろく作れた時の快感と、視聴率が取れた時の快感だったら、どちらを選ぶか?」と聞かれたら、「視聴率のほう!」って答えると思う。もちろん、バラエティの魅力は視聴率だけじゃ計れないものだけど、自分たちなりにこの世界で20年以上生きてきて思い知らされてることもある。いくら自分たちがおもしろいと思った番組でも数字が取れなきゃ終わってしまう。全部が無に帰してしまう。

視聴率という、ある種の冷徹さこそ、テレビの潔さというか、信頼できる点だとも思っている。政治の世界で言う「事業仕分け」みたいなことが視聴率を基準としてテレビの世界では常に起こっていて、いくら大物タレントの冠番組だろうが数字が悪ければ自然淘汰されてしまう。その点において、視聴率という存在は、テレビの世界の風通しの良さでもあると思う。

なおかつ、テレビ=無料というのは、やっぱりすごいことだ。

たとえば、ゴールデンの番組をイベントで再現したら、いったいどれぐらいの金を取れるんだっていう話だから。ゴールデン番組というのは、タレントにしろ、美術や照明やカメラなどのスタッフにしろ、すべてが一流どころ。にもかかわらず、タダで観られるテレビというメディアは、ぜいたくだし健全だと思う。じゃあ、なぜテレビが無料になるかと言えば、スポンサーがＣＭを打つからだ。そのＣＭのターゲットはお茶の間の視聴者たち。ということは、スポンサーにしてみりゃ、高額の広告費を払うわけで、番組の視聴率は高いほうがいいに決まっている。だったら、番組制作者側は高視聴率を目指すべきだし、その鍵を握るチャンネルの選択権は視聴者にある。番組制作に携わる者たち。スポンサー。視聴者。その三角形のバランスが、俺は素晴らしいなぁといつも思う。

ただ、今の俺にはどうすりゃ視聴率が上がるのかは、さっぱりわからない。

やっぱり、視聴率は苦手じゃなくて大いなる謎なのです。

情報 のはなし

情報化社会と呼ばれてずいぶん経つけど、ひと昔前と今を比べて、ひとりの人間が受け取れる情報量って増えているのだろうか？

俺は、プラマイゼロのような気がする。たとえば、10代の俺は地元の埼玉からお茶の水の三省堂まで、電車で往復2時間かけて本を探しに行っていた。いろんな書棚をまわる時間を含めれば4時間ほどで、ちょっとした一日仕事だった。でも、今じゃアマゾンなどで、ある作家の検索をかければバーッと作品一覧がヒットして10分ほどで買物が済ませられ、残りの4時間弱はほかのことに使える。でも、10代の頃の俺は電車や街なかでの皮膚感覚的な情報も得ていたわけで、一概にどっちがどうって言えないと思う。

俺にとっての情報は、なにかのヒントだ。

逆に言えば、常になにかを理解したいと思っているってことなんだけど、じゃあ「俺はなにをわかりたいんだ？」と自問自答すると、自分でもなにをわかりたいのかがわからないっていうね(笑)。突き詰めるならば「人が生きる目的とはなんだ？」とかの哲学的な疑問だったり、「なぜ宇宙という存在があるのだろう？」といった科学的な事象だったりするんだけど、要は「もっと知りたい」という好奇心なのだと思う。だから、時事漫才をやり始めたから、情報に興味を持つようになったわけじゃない。

「無知死」という言葉を使っていた時期がある。

1999年のことだ。

俺の芸人仲間で事務所も同じだったハギ（元キリングセンスのハギワラマサヒト）が、B型肝炎の重度の肝硬変を患ってしまう。ハギの担当医は「B型の場合、移植はできない。もう助からない」と言う。でも、その〝情報〟を俺は信じなかった。

で、ふと思いつき、検索サイトで「B型肝炎 移植」と探してみると、ボランティアで活動している移植ネットワークの存在にたどりついた。俺はすぐに電話をする。

「私の知り合いが、32歳でB型肝炎になってしまいまして。医者が言うにはB型の場合、移植ができないらしいのですが、どうにか助かりませんか？」

すると、その団体の代表であるAさんはこう答えた。

「ここ数年来の研究によって、B型にも有効なラミブジンという特効薬があります。ですから、B型肝炎でも移植は可能です」

俺は「ほらみろ！」と思った。

無知死。ある情報を知らないが故に死ななければならないということ。

結局、ハギは無事に移植が成功して無知死に至らずにすんだんだけど、それはすべてAさんのおかげだった。

当時の日本ではドナーカードを持つ本人の意思が確認されなければ移植が不可能だった。これは、脳死の問題も含んでいるからすごく難しいテーマなんだけど、欧米では当時から家族の承認さえあれば移植が可能だった。ハギに残された時間は少ない。

そこでAさんは、募金の仕方やヨーロッパとアメリカの移植に関するシステムの違いなどを詳しく教えてくれた。ヨーロッパの一部の国では、外国人は臓器移植のウェイティングリストの末席として扱われる。ところが、アメリカは移民の国という土壌があるからか、どの国の人間かが問題ではなく、その危険度によって、ウェイティングリストのランクを上にしてもらえるらしかった。

俺は言った。

「ハギ、アメリカへ行け！」

渡米したハギは、移植に成功して今も元気に生きている。

10年以上前のことを話していて今思うのは、情報は風化するということだ。

当時の俺は、ハギの移植に関していろいろと考えさせられた。

たとえば、日本とアメリカの移植に関する考え方の違いについて。

アメリカ人は臓器移植を提供者からの「プレゼント」だと考える。だからこそ感謝しましょうと言う。肝臓を移植された者は、手術が成功したのなら肝臓に負担をかける酒もタバコも絶対にやっちゃダメだとされている。俺は日本には独自の文化があるわけで、なんでもアメリカの右に倣《なら》えっていうのは違うだろと思っているけど、その合理性はたしかにハギの命を救ってくれた。

あるいは、手術前の入院生活。

当時の日本の病院では、肝臓への負担を減らすため、粗食しか与えられなかった。油物などもってのほかだった。そりゃ、患者にしてみたら元気もなくなるよって話じゃない？　ところがアメリカでは、「どうせ捨てちゃう肝臓なんだから」と入院初日から「こんなに食えねぇよ！」ってほどの食事量だったし、コーラや油もののケンタッキーも含まれていた。アメリカでの医療方針には、捨ててしまう肝臓のことよりも、手術に耐えうる体力と気力を養ったほうがいいという合理性があったのだと思う。

そんなことを目の当たりにして、考えさせられた当時の俺は、「臓器移植」に関する情報が自分のど真ん中にあったわけだけど、正直に言えば、月日を重ねるうちに徐々に興味が薄れていった。「臓器移植」という情報が俺の中で風化したわけだ。

喉元過ぎれば熱さ忘れるじゃないけど、ハギの手術成功後は日々の生活に追われて移植の問題を忘れつつあった俺。ハギがアメリカに渡ったとはいえ移植できるかどうかわからない、果たして間に合うのかというギリギリの状況の、ただ待つしかないという心境は二度と味わいたくないものだったから、自分で忘れようとしていたのかもしれない。ところが、久しぶりにメールをくれたAさんは、日本の臓器移植法が改正されて本人でなくとも家族の了承が得られれば移植が可能になったことをすごく喜んでいた。俺は素直に「すげぇな」と思った。

Aさんはボランティアにもかかわらず、つまり一銭の得にもならないのに、今日も誰かの命を救っている。

ジェネレーションのはなし

1980年生まれを「松坂世代」とするニュアンスで言えば、俺らの世代ってどうなんだろうね。「続・新幹線世代」って感じなのかなぁ。俺が生まれた1965年の前年に新幹線が開通しているから「続」っていうね(笑)。

俺は、世代やジェネレーションという、ひとつのくくりで物事を語るのがあまり好きなほうではない。それでも、同世代の奴らと話をしていると共通の話題で盛り上がれるっていうのはある。たとえば田中は、小泉今日子、中森明菜、松本伊代といった80年代アイドルが大好きなんだけど、最近もその話題で盛り上がっちゃって「俺らって本当に同世代の話題が好きだよなぁ」と。キョンキョンが1966年、明菜と伊代ちゃんが我々と同じ1965年生まれだから、同世代っていう親近感がすごくある。プロ野球でも、昭和40年会というのがあって、元・ヤクルトの古田敦也や中日の山本昌がそうなんだけど、彼らが活躍するとなぜか嬉しい(笑)。

尾崎豊も1965年生まれだ。

俺が大学生だった頃に彼はデビューしたんだけど、たまたま田中の同級生の後輩が尾崎豊だった。そんな流れで、尾崎というシンガーソングライターがいることはデビュー前から田中から聞いていて「今度、レコードが発売されるから買ってやってよ」なんて言われたのを覚えている。でも、逆に同い年ということが邪魔して彼の音楽をちゃんと聴く気にはなれなかった。ほら、尾崎豊の初期の歌詞って〈この支配からの卒業〉とか、10代に向けてのメッセージが強かったでしょ？　だから、「人生について同い年の奴に教わりたくねぇよ！」という感覚が俺にはあったんだけど、尾崎豊は、あっと言う間にスーパースターになっていった。

もう少し俯瞰した状態で俺らの世代を考えてみると「フワフワした世代」だと思う。

大学生の頃には、大型のディスコが流行ったり、DCブームといってデザイナーズ・ブランドがもてはやされたり、『オールナイトフジ』で空前の女子大生ブームが巻き起こったり。要はバブルの時代ともリンクするんだけど、世間のフワフワしたムードに流されてあまりものを考えずに20代前後を過ごしちゃったから、逆に今、苦しんでいる人も多い世代なのかもしれない。

ただ、俺自身で言えば、その頃が年齢について一番考えていた。

最近では「アラサー」とか「アラフォー」とかの年齢に関する意識が高いみたいだけど、俺は20歳の時に「もう終わった」と感じていたから。その諦観《ていかん》は衝撃的だった。俺が憧れていたチャップリンは20代前半に短編映画をガンガン撮りまくっていたから「もう俺はチャップリンにはなれないんだ」と思い知らされていたってわけ。

その感覚は21歳になると「もう21歳になっちゃった」だったし、徐々にマヒしていったように思う。24歳でデビューした頃には、ライブやテレビで、とにかく目の前の客を笑わせなきゃならなかったから「おいおい、チャップリンなんて言ってる場合じゃねぇぞ！」っていうね(笑)。

逆に言えば、20歳の頃は、ウジウジと考えている余裕があったのかもしれない。時間的な余裕はある。でもなにも表現できていない。だから余計にウジウジと考えてしまうという悪循環。よく言えば、世界のチャップリンを目標にする高い志を持てていた時期なわけで、その感覚をマヒさせずに持ち続けられていたらどうだったんだろうなぁとの思いが、46歳となった今でも心の片隅にあったりする。

で、ジェネレーションと言えば「団塊の世代」ね。

自分自身の葛藤は別にして、20歳前後の頃にフワフワしてあまり物事を考えてこなかった俺たちの世代に対して「問題意識を持て！」と言い続けてきたのが団塊の世代だ。1947年から1949年のベビーブームに生まれた人たちをそう呼ぶのが一般的なんだけど、俺は団塊の世代に対してはかなりの偏見がある。

団塊の世代の人たちは、よくこんなことを言う。自分たちは学生運動に参加して、常に日本の社会に対して問題意識を持っていたと。だから、俺たちの世代に対しても「問題意識を持て！」とか「最近の若い奴らときたら！」と苦言を呈してきたわけだけど、俺に言わせれば「学生運動なんてただのブームだろ！」って話だから。もしも、本当に問題意識を持って行動していたのなら、尖閣諸島や北方領土などの領土問題をはじめとする戦後処理の仕方が、いまだに解決していなくて曖昧なままってどういうことなんだよって。

しかも、団塊の世代の多くは、学生運動のブームが終わると髪を切って就職して、それこそ尾崎豊ふうに言うならば「卒業」していった。つまり、彼らが学生時代には嫌悪していた体制側に入って、今まさに重要な問題をなにも解決せぬまま引退しようとしている。

「なんだよそれ！」って話だ。

団塊の世代って、本当にいい加減な世代だと思うし、無責任な世代だよなぁとも思う。もちろん、団塊の世代にも学生時代から変わらず問題意識を持って闘い続けている人もいるだろうし、学生運動というブームに乗っからず、世代ではなく個人として表現し続けている人もいるだろう。でも、「俺たちの若い頃は」などと、団塊の世代を誇らし気に語ってくる人たちは、ひとことで言えば、本当に腹立たしい。

とはいえ、俺たちの世代にしても、下の世代からすれば「無責任な世代」だと言われてしまう可能性がある。今、俺は46歳。うかうかしていたら50歳、60歳になってしまうわけで、今のように戦後処理の問題を曖昧な状態のままで下の世代に渡してしまうのは無責任にもほどがある。もちろん、複雑な戦後処理の問題を俺ひとりでどうこうできるわけなどないし、漫才のくだらないギャグで笑わせたいと考える時間のほうが多いんだけど、「戦後処理の問題はフタをしたままにせず、とりあえず検証しようよ」という気持ちは常に抱いている。

40歳は不惑の年。『論語』いわく、40歳にして迷いがなくなるという。

でも、俺の40歳は迷ってばっかりだった。

〈芸人が政治のことを語っていいのか？〉

〈そんなのカッコ悪いだろ？〉

〈でも、どうしても言いたい！〉

そんな迷いが一番あった時期こそ40歳だったのだ。

バスター・キートンとチャップリンの違いについても散々考えた。

どたばたに徹してコメディアンであり続けたキートン。ある時期以降の映画では、説教くさいと評されうるメッセージを作品に込めたチャップリン。純粋なコメディアンであり続けたキートンを「カッコいいなぁ」と憧れつつも、結局、俺はキートン的な道を選ばなかった。

まず、政治を語ることに関しては、『テレビブロス』の連載で30代の後半から実験的に続けていた。あの連載って、反響が少なくてガッカリすることもあるんだけど、俺にとっては常に一番新しいことを試せる場所でもあって。のちに『トリックスターから、空へ』という単行本になるんだけど、当時は、一冊の読み物にまとめることを前提として「今の自分が政治に関して感じることを正直に、できるだけ正確に書く」と覚悟を決めて連載していた。

その時期は、雑誌の中のひとつのコラムで注目度も低いし、覚悟も決めていたから迷いはなかった。だけど、その手法をテレビでとなると「テレビで芸人が政治を語るのはさすがにどうなんだよ?」との迷いが生じてしまう。〝太田総理〟の特番が放送されたのが40歳の時だったし、その翌年には『憲法九条を世界遺産に』を出版した。案の定、まぁいろんなことを批判されたけど、それから5年がたった今では、もう慣れてしまった。

カッコ悪いことに慣れたというか、自分の美意識も含めて世間からどう思われようが別にいいや、という感覚。『トリックスターから、空へ』や『憲法九条を世界遺産に』や〝太田総理〟といった表現が、俺よりも下の世代にどう響いたかなんてわからないけど、自分としては次の表現につながるなにかだったとは感じている。デビュー作の『マボロシの鳥』という小説は、それらの表現の次だからこそ書けたという順番みたいなものが、俺の中では確実にあるからだ。

じゃあ、ジェネレーションギャップに関して俺がどう感じているかと言えば、実はあまり考えていない。もちろん、80年代の流行をそのままギャグにしても今の若い世代には伝わらないだろうなとは考えるけど、根本的には昔も今も変わらないだろうと思う。俺自身、10代の頃に古典と呼ばれる小説を読んで感動したわけだけど、そこには、ある意味ものすごいジェネレーションギャップが存在していた。でも、そんなのは一切関係なく感動できたということは、自分が表現する上でも、ジェネレーションの違いをことさら考える必要性を感じることもないのかなぁと思う。

ただね、自分が年齢を重ねたなと感じる仕事の現場が増えてきてはいる。

たとえば、ＡＫＢ48などの若いアイドルとしゃべる時なんて、スケベな質問しかできないっていう(笑)。20歳の衝撃以来、年齢に関してこだわりのない俺だけど、そういう瞬間だけは「おっさんになったなぁ」と痛感せずにはいられません。

ランキングのはなし

視聴者や読者の立場としてなら、いわゆるランンキングものは、ふつうに好きだ。『M－1グランプリ』が開催されていた時期は毎年見ていたし、『キングオブコント』も毎回楽しみにしている。さらに言えば、毎年刊行される『このミステリーがすごい！』を参考にして国内と海外の上位3作を読んだりしている。最近は、その手の番組や特集記事が増えているようだけど、なにも今の時代がランキングをことさらに重宝しているわけではないと思う。オリンピックがわかりやすいんだけど、順位づけには、人間の生理に訴えかける根源的なものがあるはずだから。

ただ、俺の場合、自分が順番をつけられるのはまっぴらごめんというタイプ。

視聴者としては本当に残念なんだけど、M－1が10年の節目の年に終わってしまった。M－1をきっかけに売れたいと願っていた若手芸人たちは同大会が終わってしまったことにガッカリしていたらしい。

そんな若手を俺は素直にすげぇなと思って、自分だったら心底ホッとしているだろうなぁと想像した。漫才にしろ、コントにしろ、笑いなんて人それぞれおもしろいと感じるツボが違うものだし、それに順位をつけられることを俺は楽しめない。でも、若手の頃は、コンテスト番組を勝ち抜くことでチャンスを得ることができたのも事実だった。ということは、爆笑問題が今、若手の立場ならM-1には絶対に出場していただろう。でも俺は、順位をつけられるのはまっぴらごめんなわけで、大会自体がなくなってしまうのなら「よかったぁ、終わってくれて」とホッとしていたはずだ。

とはいえ、テレビで仕事をしている俺たちは、常に順位づけをされているようなもの。視聴率しかり、タレント好感度調査しかり。爆笑問題は、なぜか好感度調査では3位ぐらいをここ数年キープしているんだけど、視聴率に関しては胸を張れる結果が得られているわけじゃない(苦笑)。おもしろい番組が必ずしも数字を獲《と》るわけじゃないとはいえ、やっぱり高視聴率は目指していきたいと思う。しかも、数字を獲って長寿番組というのが理想形だったりもする。同じ長寿番組でも、『笑点』や『サザエさん』は、予定調和の安心して見られる内容が視聴習慣に繋がって数字に結びついているのだろう。すごいなぁとは思うけど、俺らがそういう番組を作れるはずもない。

じゃあ、どういう番組が理想かというと、『めちゃイケ』や『SMAP×SMAP』。高い数字を獲る長寿番組で、しかも、安心感がもたらす視聴習慣というわけじゃなく、毎週手を替え品を替え視聴者を楽しませる工夫があるという、ある種の奇跡的な番組。テレビで生きている以上、爆笑問題も、そんなミラクルをいつか起こしたい。

そんなテレビの世界でよく聞く言葉が「新しい企画が通らない」だ。

不景気が大きく関わっているのだと思う。ある番組がヒットすると同じような番組が求められる。放送作家から聞いたところでは、新番組の制作会議で「〇〇みたいな番組」と書かなければ企画が通らないらしい。

その風潮はテレビ業界に限らず、映画や音楽の世界でも「ヒットしたフォーマットに乗っかる」というのが時代の流れだろう。類似品ばかりを生み出す無限ループだ。

作り手の中には、「このままでいいのか?」といった危機感があるだろうし、俺自身にもその感覚はある。だけど、「俺たちのやりたいのは二番煎じじゃない!」と拒否する選択肢が俺にはない。不景気で冒険のできないテレビ業界。そういう状況下で、数字の獲れる番組というフォーマットが一個できてしまったのなら、それに乗っかった上で、原形以上のおもしろいことをやるしかないと俺は考えている。

たとえば、『爆笑問題の検索ちゃん』という番組。放送開始時はクイズ番組というフォーマットが数字を獲れるとされていた。『検索ちゃん』もクイズ番組として始まることが決まっていたんだけど、俺がひとつだけ制作サイドに言ったのは「好きなだけしゃべるから」ということだった。つまり、俺としてはクイズ番組という形式でスタートさせながらも、どうにかしてトーク番組にしたいと考えていたってわけ。

で、実際の収録では、共演者に「話が長い！」とツッコまれようが、とにかくしゃべり倒した。その上で、編集はプロデューサーなりディレクターに任せる。当初の予定としては「クイズを5問入れたい」と想定していたとして「でも、トークがおもしろいから4問に削ろう」となったら、こっちの勝ちってわけでね。

俺のそういう考え方って、実は桑田佳祐に見習う部分が大きい。

桑田さんだってサザンでデビューした頃は、売れるであろうフォーマットに乗っからざるをえない状況もあったはずだ。でも、それに乗っかった上で、自分のやりたいことを詰め込んで、かつ大衆向けに翻訳をして「これでどうだ！」という勝負を常にしてきて今の立場がある。桑田さんのなかにあらゆるジャンルの音楽が詰まっていて、にもかかわらず「俺たちはロックだ！」とはならず、常にポピュラーミュージックとして世に送りだしているすごさ。しかも、圧倒的に売れているという説得力。

ランキングで言えば、爆笑問題も出演している『お願い！ランキングGOLD』で考えさせられたこともあった。それは、不景気が大きくかかわるものだった。

この番組では「美食アカデミー」というコーナーが人気で、どこの馬の骨だかわかんない4人が一流メーカーの売れ筋商品をボロクソにけなすんだけど、今までのテレビ業界ならタブーな企画だった。なぜかというと、ある一流メーカーというのは、テレビ局からしたらお得意様なわけで、その人気商品をけなすというのはありえなかったからだ。でも、ボロクソにけなされたメーカー側は、その批判を次の商品開発のヒントにした。一方で、それだけ辛口の4人が1位に選んだ商品は、もちろん売れる。つまり、企業側が「美食アカデミー」を良しとしたわけで、不景気じゃなかったら、あり得なかったこと。不景気を逆手にとる可能性もあるんだなぁと考えさせられた。

「美食アカデミー」の成功って、テレビ朝日の発明だと思う。

不景気だとかなんだとか今の状況に不平不満をもらすのは簡単だけど、テレ朝のバラエティ班を変えたプロデューサーX氏、この人が『ココリコ黄金伝説』の頃から地道に深夜枠を開拓していった成果なんじゃないかって。『検索ちゃん』もその人が担当してくれていたんだけど、この男を評して（品川庄司）品川が言った言葉が「テレ朝のスピルバーグ」っていうね(笑)。最近じゃ、偉くなって現場では会わなくなったけど、この間、顔をあわせた時に「最近すごいね」と言ったら「いやぁ、しょせん小倉のワルですから」と言っていた。俺は言った。「なんなんですか、その表現は」と。『しょせん小倉のワル』って言い方がよくわかんねぇから」っていうね(笑)。

今できることのはなし

3月11日。あの震災の時、俺は都内のスタジオで番組収録中だった。古坂大魔王、マキタスポーツ、ユリオカ超特Qといった濃い芸人を集めた「テレビに出られない芸人ゴングショー」的なコーナーで、彼らがネタを始める前のオープニングを撮っている最中に揺れ始める。1回目の大きな揺れ。俺は、激しく体を持っていかれながらも「全然揺れてないから」なんてギャグで言っていたんだけど、まったく誰からも相手にされずに「太田さん、危ないですから。照明もぶら下げてありますし」ってスタッフに怒られていた(苦笑)。

そのスタジオが古い建物だったということもあって、いったん外に避難しようとなったんだけど、スタジオから出ようとした瞬間、その場所の天井が崩れ落ちてきた。そこからは出られないから一度スタジオに戻ったんだけど、鉄製の重い扉がダーンダーンっと何度も開閉して、外から突風と一緒に枯葉が吹き込んできた。

しばらくして揺れが収まってから、外に避難した時に、2回目の激しい縦揺れが起こる。その時、たまたま首都高速道路が上を走っていたんだけど、なんの反響音なのか首都高もガーンガーンとものすごい音がしていて、その下の一般道路脇の街灯もテンポの早いメトロノームのように左右に激しく揺れていた。

結局、その収録は中止となり、そこから車で帰宅したんだけど、自宅に戻れたのは10時間後だった。

あれから18日後。

「今できることのはなし」というテーマの取材があった時点で俺が思っていたのは、日本人が逆のパニックに振れているんじゃないかということだった。

被災地の人々が不安になるのは当然だろう。ましてや、今回は原発の問題も重なっている。でも、直接的な被害が少なかった東京ですら、ある種の強迫観念が渦巻いているような気がしてならなかった。

たとえば、「今なにができるのか?」という言葉。

こういう時には必ず繰り返される言葉だけど、俺は、ほとんどの人はなにもできやしないし、なにもできなくていいと考えている。海外のメディアは、これほどまでの災害に直面しても暴動を起こさず、きちんと整列する日本人を称賛する。それはとても素晴らしい日本人の優れた部分ではあるんだけど、その反面、マジメな日本人は我慢してしまう。

その上、メディアでは被災地の悲痛な映像が連日のように繰り返し放送されていた。そりゃあ、東京の人だって、精神的に傷を負わないはずがない。つまり、傷ついているのは日本中なのに、「嫌だ」「怖い」とは思っても、「被災地の方に比べれば」などと自分の感情を押し殺してしまう。「今なにができるのか?」と自問自答したとして、「自分はなにもできないと思い知ること」が人間にできる唯一のことだし、必要以上に自分を責める必要はないんじゃないかなぁと思う。

じゃあ、義援金やチャリティーに関して俺が否定的かと言えば、そんなことは一切ない。被災地の人にとっては海外からも届けられる義援金は絶対に必要だし、ありがたいはずだ。偽善や売名行為という言葉も、こういう時にはささやかれがちだけど、それについては、子どもの頃に散々考えたテーマだった。

当時の俺は、欽ちゃんが大好きで『24時間テレビ』も大好きだったんだけど、ある時、「愛は地球を救う」という同番組のコンセプトが偽善的で嫌らしいものに感じられた。でも、亀井勝一郎の愛に関する記述を読んだことで、自分の中でストンと腑に落ちたのだ。いわく、本当の愛とは母親が子どもに向ける愛である。募金やチャリティーというものは愛ではない。ただし、愛ではないけれど善行であると。愛じゃなくても、お金は役に立つとする亀井勝一郎の言葉に触れて以来、俺は義援金やチャリティーに関して否定的な感情を抱いたことがない。

ただね、東京でひとり暮らしをしている若者がいたとして、そいつの生活が苦しかったなら、無理して募金する必要はまったくないとも思う。「今なにができるのか？」という言葉と連日繰り返される被災地の様子に衝撃を受けて、なけなしの金を募金する必要はまったくない。それは、恐怖がベースとなって紡がれる強迫観念だから。

むしろ、お金のことで思ったのは、被災地が復興するまでにいくらかかると即座に電卓をはじいた経済学者についてだった。彼らはその計算をすることが仕事だとはいえ、あまりにもしなやかさがない。たとえば、俺が本当に金がなかった時の千円と今の千円とではまったく価値が違う。同様に、今まさに重大な局面に直面している被災地の今後に対して、なんでそんなに単純計算ができるんだろって。23兆円だかなんだか知らないけど、通常の23兆円と今のその価値は全然違うし、単純計算で計れるわけがない。

テレビやマスコミ関係者はなにかを知っていると思われるのだろうか。

原発の問題に関しては、入院している親父の見舞いに行っては「太田さん、原発ってどうですか？」とナースに聞かれ、事務所に行っては「東京、大丈夫ですかね？」と、なぜかみんなから聞かれたっていうね。これも、一般の人からしたら不安で仕方のないことだと思う。ネットではいたずらに恐怖心をあおる奴もいる。

ただね、一般の人たちはともかく、うちの作家が「原発、大変なことになっちゃいましたね」なんて顔面蒼白になっていたのには、「作家なんだから、心配だったら今なにが起こってるか調べろよ」と言わずにはいられなかった。

その上で、あくまでも俺の雑感として原子力発電の仕組みについても説明したら、そいつは真剣な顔で話を聞いて。ところが、俺は小説『マボロシの鳥』の「人類諸君！」という短編で核分裂の原理についてすでに書いている。だから、そのやりとりで、うちの作家が、「人類諸君！」をちゃんと読んでいないとわかっちゃったのが、想定外のショックだった(苦笑)。

今回の震災は、俺の今後の仕事にも影響を与えるだろう。

震災後、一本目に書いた『テレビブロス』の原稿もそのことがテーマだった。

「時間は逆流したことがない」ということ。

タイムマシーンはフィクションの産物でしかなく、時間からは誰もなにも逃れることができない。同時に、破壊されたものは必ず安定しようとする。たとえば、お湯を沸騰させようと水を入れたやかんを火にかける。やがて熱をまとった水はお湯となり水蒸気を発したりする。それがエネルギーの流れなんだけど、やかんを火から外したなら必ず水に戻る。そこには、時間が寄り添っている。万物の現象は、この原理原則から逃れることはできない。時間はかかるかもしれないけど、今回のことも……。

芸人のなかにもいろいろな意見があるだろうし、あっていい。俺自身、笑いなんて日常生活で絶対的に必要なもんじゃないと自虐的に言うこともある。ただね、もしも芸人じゃない人に「今は笑わせてる場合じゃない」と言われたなら、「ふざけるな！」と思う。こっちだって、人生をかけてやっているわけだから。もちろん、この時節に無神経な発言で笑いを取ろうなんて思わないし、控える部分はちゃんと考えるけど、それでも隙間を狙って笑わせるしか、今の俺にできることなんてありはしないのだ。

第三章

個性

とは？

日本人はアメリカ人よりも個性的である

発想とオリジナリティのはなし

発想という言葉からイメージするものは大きく言ってふたつある。

ひとつは、「着想」。

実は、俺が漫才のネタを作る時に探しているのは、この「着想」だったりする。

たとえば、田中の離婚ネタを作る上での視点をどこに置くかという「着想」。

田中の離婚なんて、俺の立場からすれば内輪ネタではある。でも、芸能人の離婚というのは、世間の人からすれば憶測や勘ぐりが渦巻くものでもあるし、もしかしたら、同情が集まるのかもしれない。それらを踏まえて、田中の離婚ネタの「着想」をどこに置くのか。俯瞰で見るのか、田中の気持ちで見るのか、俺の気持ちで見るのか、客の気持ちで見るのか。視点の置き場所を全部考えた上で、俺は「まったく違う見方ってないのかな?」と発想する。

田中の離婚ネタだと、あいつの身長に比例してあまりにも小さい話なのでスケールのデカい話をすると、「政治家と悪政に苦しめられている国民」みたいなひとつの定番があるじゃない? その場合、国民側の目線で政治家を茶化すっていうのが、ウケやすいパターンだ。でも、そのパターンよりももっといいのは国民側を茶化し、なおかつ国民側が自分のことを笑えるという型だ。その「着想」で、ポンとみんなの腑に落ちることが言えたネタやギャグは、すごくいいなぁと思う。

ただ、実は「発想」における「着想」は二番目にくるものであって、俺のなかで一番上にくるのはもうひとつのものだったりする。

それは「物語を紡ぐ」ということ。

俺が、カート・ヴォネガットという小説家を尊敬する理由もそこにある。

たとえば『タイタンの妖女』という小説は、時空も星も全部超越した壮大なストーリーでありながら、最後は「人間なんてその程度のものさ」という、笑いで物語を終わらせている点がすごい。『タイタンの妖女』は、「着想」もすごくて、神の視点でもないし、全然違うところから冷静に全部を茶化している。「そこから見ますか！」っていう視点のポジションね。読者である俺からすれば、「着想するにしても、そんな居場所があるなんて知らなかった！」っていうすごさ。で、その「着想」を軸に「物語を紡ぐ」んだから、そりゃあ、すごすぎるよなぁって。

そういう意味での「物語を紡ぐ」という行為は、芸人の世界では漫才よりもコントということになる。結成当時の爆笑問題は、「常に斬新なコントを作るコンビ」になるはずだった。それが、1本、2本、3本……5本のコントを作った時点で「もう無理!」となって、漫才に切り替えた。

当時の俺は、時事漫才はネタを作るとっかかりがあるけれど、コントはゼロから物語を紡がなければならないから「漫才のほうがコントよりも楽」と考えてもいた。

ところが、最近、その意識も変化してきたように思う。

きっかけは、『テレビブロス』誌上での連載だった。

当初は、ストレートな評論文だったんだけど、『トリックスターから、空へ』という2冊目の単行本にまとまって以降、物語を書くようになった。続かないだろうなぁと思いながら、書き続けて数年。継続しているうちに気づいたのは、物語を紡ぐという行為も、決してゼロからの作業ではないということだった。ふだんの生活で感じることや、ある事件が起きて思うことを物語に転換するわけで、なにかしらのきっかけはあるものだからね。

俺は読書が好きだけど、その行為から「物語を紡ぐ」という発想をつぶされたと感じることはほとんどない。「一本取られた!」との圧倒的な発想を感じる唯一無二の作品なんて滅多にあるものじゃないから。

じゃあ、オリジナリティってなんなのだろうね。

発想というキーワードとも繋がりが深いこの言葉に関しては、最近、印象的な出来事があった。

『爆笑問題のニッポンの教養』のスペシャルで、大学生たちと話をしたんだけど、そのうちのひとりが「どうすれば自分のオリジナリティを見つけられるのかがわからない」と言う。その発言にはかなりの切羽詰まった感じが含まれていたんだけど、俺自身は、10代の頃から人と同じことができないという悩みを抱えていたからこう答えた。

「誰かとまるっきり同じものなんて作れるわけがない。ということは、オリジナリティがないなんてことのほうがあり得ない」

その学生に俺の言いたかったことがどこまで響いたかはわからないけど、たとえば、その時の会話だってある意味でのオリジナリティが含まれていると思う。

学生が質問をした。

俺が答える。

俺の答えは既に誰かが口にしたことのある言葉かもしれない。

でも、その学生が家に帰ってその言葉の意味を問い続ける。俺も考える。会話なんてものは誰のものでもないけれど、あの時の会話と以後の経験は、その学生と俺でしか生み出せなかったなにかがあるはずだから。

そもそも、教育現場での「個性的であれ」という風潮も俺には意味がわからない。まったく同じDNAを持つ人間がいないのと同義で、まったく同じ経験を積む人間もいない。であるならば、個性的じゃない人間なんているはずがないだろって。

もちろん、多くの人が、俺がさっき言った意味での「オリジナリティ」ではなく「完全なるオリジナリティ」を目指す気持ちは理解できる。

ただ、よくよく考えてみると、ある人間がその高みに到達したとしても、先人たちの知の滑走路がなかったらそこまで飛べていないだろうとも思う。

たとえば、アインシュタイン。

彼以前の先人たちが科学という名の知識を積み重ねなかったのなら、アインシュタインは相対性理論に到達できてはいなかったはずだ。アインシュタインの発想だけが、いきなりポーンと高みに向かって飛んだわけじゃない。ピカソも然り。ピカソ以前の絵画の歴史がなく、いきなり「泣く女」を描いて価値があったかというと決してそうじゃない。それまでの絵画の世界の積み重ねがあったからこそ、ピカソのオリジナリティは輝きを放つ。

そうは言っても、俺には、「突然変異」みたいな高みにまで昇ってみたいという願望がぬぐいきれない。

アインシュタインは「神はサイコロを振らない」と言う。

要するに、すべては法則で説明できるということ。その前提として彼が生涯を捧げた物理科学の世界は、そうじゃなきゃ成立しないわけでしょ? でももし、物理法則では説明できない現象があったのなら、それはそれで一番おもしろいんじゃないかと感じる俺は、アインシュタインの言葉を「……ホントか?」と、どこかで疑っている。疑うというか、もしも、物理法則だけでなく、広く自然界の法則から逃げることができたのなら、とんでもない解放感があるんじゃないか。でも、世の中とまったく関係のない高みなんて、絶対的な孤独にもほどがあるだろとも思う。高みに昇ってみたいと思いつつ、そんな淋しいことはねぇだろと恐怖心を抱く時、俺はたまに苦しかったりするのだ。

恋のはなし

恋の話だったら、俺よりも田中に聞いたほうがいいと思う。

あいつは、『ａｎａｎ』の恋愛特集で取材された経験があるからね。「どういうタイプの女性が男を興ざめさせるのか？」みたいなテーマで、あいつにしてみりゃ「俺なんかでいいんですか？」って感じだったんだけど、それなりに答えたらしい。それを『ａｎａｎ』のライターが「演技過剰な女って萎《な》えちゃうよね」みたいに、もっともらしくまとめてるのがおかしくて(笑)。当時、自分たちの番組でも散々ネタにしたものだ。

俺自身の恋愛観で言えば、まず、女心ってやつがよくわかんない。さんまさんが「女心なんてわからない。でも、わからないからこそ男にとって女性は魅力的」と言っていたらしいけど、さんまさんに無理で俺にわかるわけがないっていうね(苦笑)。

だから、女性を中心に大ヒットした映画でも、共感できないものが多い。

たとえば、『ゴースト』とか『タイタニック』。

この2作とも男が女を救って、天国へ帰ったり、海の底に沈んで死んじゃったりするわけでしょ？　それを「究極のラブストーリー」とか言う人がいるけど、俺は、その手の物語が究極の恋愛だとは全然思わない。『タイタニック』で言えば、レオナルド・ディカプリオと一緒に女も沈んでいけよと。そんなに好きだったらお前も死ねばいいのにって話だから。

　そんな俺が、恋愛映画で好きなもののひとつに、ウディ・アレン監督の『カイロの紫のバラ』という作品がある。

　主人公は、ミア・ファロー扮する平凡以下の主婦。旦那は飲んだくれのさえない男。彼女は、日々の憂さを晴らすために映画館に毎日通うんだけど、そこで上映されてる作品が『カイロの紫のバラ』というベタベタな恋愛ものなのね。その主婦は、さえない旦那と比べて、映画の主演俳優を「素敵だなぁ」なんて見てるんだけど、ある時、スクリーンの中の俳優が彼女を見つめて「君、毎日見に来てくれるね。ありがとう」なんて、台詞じゃない言葉をしゃべり始める。で、なぜかその俳優がスクリーンから飛び出して「一緒に逃げよう！」ってって、ふたりで逃避行するというストーリー。

　でも、スクリーンの中の主役には、それを演じた俳優が実在するわけじゃない？　その実在する俳優が、逃げたふたりを追っかけてスクリーンへと戻そうとするんだけど、オチにも恋愛がからんでいて素晴しい。ウディ・アレンは、ほとんどの作品で恋愛を描いているんだけど、『ゴースト』や『タイタニック』なんかよりも、『カイロの紫のバラ』は断然おすすめです。

考えてみたら、明治の文学は、ほとんど恋愛ものばかりだ。

10代の俺が愛読していた島崎藤村や森鷗外にしても、自身の恋模様を小説にしていたわけで、俺と「恋のはなし」って、実は無縁じゃないということになる。

ただ、ひどいけどね、このふたりが描いた恋愛小説は(笑)。

たとえば、島崎藤村は、当時としては禁断の恋だった、姪っ子に手を出しちゃって悩みに悩むって話を『新生』という作品で書いているし、森鷗外の『舞姫』は、ドイツ留学中に恋に落ちた女を自分の出世と天秤にかけて捨ててしまう。10代の頃は夢中になったけど、今読むと「なんなんだ、このひどい話は！」って感じさえする。

映画や小説ではないけれど、恋愛論で言えば、俺は10代の頃に深い感銘を受けた作品がある。それは、評論家の亀井勝一郎が『青春について』という著作のなかで綴った「恋について」という恋愛論だった。

『青春について』は俺のバイブル的存在なんだけど、その恋愛論も素晴らしくて、いわく「失恋した人というのは、遺族と同じだ」と。当時、中学生だった俺は、まだ失恋の経験なんてないくせに「そういうもんなのか！」って思ったのをいまだに覚えている。

同書において、亀井勝一郎はこんな言葉を綴っていた。

「失恋した人は遺族と同じなんだから、それを癒す方法などありはしない。ただひとつ言えるのは、とにかく体を疲れさせて毎日眠ることだ」

恋愛相談に対するノウハウの章でもあったはずなのに、「癒す方法はない」と言い切っちゃうのもすごいけど、中学生の俺は、それって真理だよなと思った。要は、失恋の痛手は遺族になるのと同じぐらい深くて時間しか解決してくれない。

大人になった今でも、亀井勝一郎の言葉は心に残っていて、実は、さらに大切なものになったりもしている。男と女以外にも失恋に類するものは、世界中にあふれていると感じるからだ。

たとえば、俺がテレビでなにかを発言するというのは、「俺はこう思うけど、どう？おもしろいでしょ？」って、まさに求愛に近いアピールを視聴者に向けてやっていることになる。つまり、世の中に対して表現するということは、なにかしらのリアクションを求めているということ。

繋がりたい。

共感したい。

満たされたい。

恋愛も俺の表現も、「わかり合いたい」という意味では、まったく一緒だと思う。

ということは、リアクションがない時の辛さもまた、失恋とまったく同じ痛みがあるということだ。おもしろいと思って言ったことが伝わらないと、それはもう、世間から突き放された感じが骨身に沁みるからね(苦笑)。

最近の俺は、「失恋の喪失感に類するもの」について、思いを巡らせることは非常に重要じゃないかと考えている。たとえば、自爆テロについて。日本人の大半は、彼らの行動を「理解できない」と感じているだろうけど、ことの是非ではなく、なぜ彼らがそういう行動を選んだのかについて、想像することはできると思う。

彼らは国際社会や国家に失恋したとも言えるわけで、頼るものはなにもない。ふつうに生きていくことすら厳しい日々。となると、彼らが神に救いを求めるのは当然のことだ。なぜなら、世界に対する求愛活動で突き放されてしまったのなら、神にすがるしかないのだから。

だからこそ、彼らは毎日、神に祈っている。求めているのは「生活の糧《かて》」といった、「恋愛」よりも人間が生きていく上で根源的なもの。ところが、神からの見返りはない。祈れども祈れども、生活は変わらず苦しいまま。日本人である俺の感覚からすりゃ、神からのリアクションなんてあるわけがないと思うけど、彼らは神からの見返りを期待せずに祈ることを日常としている。

彼らの祈りを、もしも恋愛にあてはめて想像するなら、失恋よりも深い痛手を伴うはずだ。自分たちの神にすら毎日フラれているような失意の日々。しかも、失恋の場合、人によっては他の異性を好きになることで、その痛手から解放されるかもしれない。ところが、彼らが信じる神はひとつ。別の神に代わりを求めるだなんて、今までの人生の全否定になってしまう。

俺は自爆テロという行為を正当化したいわけじゃない。

なぜ彼らが自爆テロを選んだのか？

その心情を「理解できない」とシャットアウトして突き放してしまうことに違和感を覚えるのだ。彼らの喪失感と、日本でまったく別の環境で生きている若い女の子が彼氏にフラれた喪失感とは、きっと共通点があるはずだから。

人間の感情なんてものは、理屈で説明できない部分の根底は同じはずでね。

孤独。

突き放された時の絶望感。

男女に限らず、失恋に類するものは世界中にあふれているし、自爆テロという行為そのものは理解できなくても、彼らがなぜそうしたのかを想像することはできるんじゃないかと俺は思う。

キャラクターのはなし

俺が、芸人のなかで一番強烈なキャラクターだと感じたのは、鮫島くんという男だ。爆笑問題とはほぼ同期のピン芸人で、ラ・ママのライブに一緒に出ていたんだけど、まぁ、笑った。俺が他人のネタで一番笑ったのって鮫島くんのネタだと思う。いわゆる天然キャラで、アントニオ猪木の格好で登場するや、「やめろ！　ガウンを引っ張るな！」みたいな、くだらないことを猪木口調で延々やるっていうのが鮫島くんの芸だった。

ラ・ママは出番を待つ舞台袖が狭かったから、次の出番の芸人は、舞台正面幕の後ろに控えていたんだけど、鮫島くんが舞台に立ってバカ受けしてるのを待っている時は、「今日はなにやってもダメだな。鮫島って天才だ」と思ったほどだった。

ただね、実は俺、キャラクターについては深く考えたことがない。

漫才をやってウケたかどうかといった中身は気になるけど、「自分がなにキャラだと思われてるか？」なんて考えたこともないから。芸人仲間に関しても「この人は××キャラだ」なんて意識して接したことがない。一時期、カンニングの竹山がキレキャラって呼ばれてたけど、最近じゃあんまりキレてないなと今思ったぐらいなもの(笑)。

自分のキャラクターには無自覚だけど、キャリアを重ねることで、世間が認めてくれるようになった部分はあると思う。仮に俺が「毒舌キャラ」と呼ばれているとして、若手の頃は「生意気な奴だ」と言われることも少なくなかった。それこそ、たけしさんが言うのは許せるけど、太田の発言は許せんっていうね。

でも、若手の頃と言ってることは変わってないのに、爆笑問題を20年以上続けてくると、許されたり笑ってもらえたりすることが増えた。やっぱり、世間からしてみれば「知名度」や「キャリア」というのは大切なのかもしれない。

キャラクターという言葉ではあまりピンとこないので、「個性」というテーマで話すなら、みんな「どうやったら個性的になれるのか？」と悩みすぎだと思う。思えば、俺が10代の頃からその手の風潮は強かった。昔、NHKの番組で外国人の弁論大会みたいなのをやってたんだけど、外国人がみな一様に言うわけね。

「ナゼナンデショウ？　ニホンジンハナゼ嫌ナトキニ嫌トイワナインデショ？」

当時、タモリさんが彼らのスピーチを茶化すネタをやっていて、めちゃくちゃおもしろかったんだけど、その当時から日本人の無個性については各所で語られていた。一億総中流意識が芽生え、教育の現場でも従来の詰め込み式教育ではなく、個性を磨くような教育が重要だと叫ばれ始めた。

でもさ、「日本人には個性がない」という前提そのものが嘘だから。

要は、アメリカに「もっと個性を磨く教育を！」と要求されて、当時の日本の関係者が受け入れただけの話。欧米人の表現方法が大げさで日本人のそれは慎ましやかだとかの違いはあるとは思うけど、個性がない人間なんているわけがない。つまり、アメリカの「日本人には個性がない」という考え方がバカなだけだっていうね(笑)。

個性なんてものは、作るものじゃないというか、作る必要すらないと思う。

端的に言えば、ひとりひとりの遺伝子が違うということが、その証明だと思う。人間に限らず犬や猫だってそれぞれに違うわけで。むしろ、違いすぎる個性を抑えることのほうが大変なんじゃないのかなぁ。みんながみんな個性的に生きてしまったら、社会や組織がうまく機能しなくなるはずだから。

最近じゃ、一般の人のなかでも「イジられキャラ」とかのキャラ作りが定着していて、それらを演じているうちに「本当の私ってなに？」みたいなことを悩む人がいるらしい。いわゆる、自分探しってやつなのだろう。

その感覚も理解できない。「探すってことは自分がどっか行っちゃったんだ？」って意外な印象を受ける。世界中を旅していた中田英寿の「自分探し」もよくわからない。ずいぶんと世界各地を旅していたようだけど、まだ見つかんねぇのかよって(笑)。

ただ、キャラクターはともかく、人間のタイプみたいなものは、たしかにあるよなぁとは思う。

俺がよく考えさせられるのは、電車のホームに人が落ちて反射的に助けに飛び降りた人が命を落としてしまうといったニュースだ。その手の報道を目にするたびに、果たして俺に同じことができるのかと自問するんだけど、「絶対に無理！」といつも思う。同時に、反射的に線路に飛び降りられる人には、絶対に勝てないとも思う。持って生まれた魂が気高いというか、理屈よりも本能が優先できるというか、そういうタイプの人には勝てねぇなぁって。

じゃあ、俺はどういうタイプかっていうと、生来の俺は気高くなんかない。

でも、気高さに憧れはある。

だから、こういう場合はこう、こういうケースならばこうしようって、反射的なものではなく、全部あとから学習してなんとか身につけようとしてきたような気がする。

ジョゼフ・コンラッドというイギリスの作家がいる。

映画『地獄の黙示録』は、彼の『闇の奥』という小説が原作だと言われているんだけど、彼の代表作のひとつに『ロード・ジム』という小説がある。

俺はこの作品の主人公に、ひどく共感した。

主人公は水夫。ある日、乗船していた客船が転覆する。水夫は、船長に言われるままに、乗客よりも先に救命ボートで逃げてしまう。なんとか命は助かったものの、裁判により「責任放棄」と弾劾される。結果、彼はそれまで住んでいた社会から弾き出されて未開の南の島にたどり着く。その地での彼は、逃げ出してしまった自分を悔いながら、第二の人生を歩んでいくんだけど、そのうち島民から英雄的扱いを受けるようになるのね。ところが、その未開の地を狙って大国が侵略してくる。

そこでジムは「今度こそ逃げない！」と誓うわけ。

結果、彼は英雄として死んでいく。生まれつき気高い魂を持ってたわけではない主人公が、自省して、同じ過ちを繰り返さないという物語に俺はすごく勇気づけられた。

キャラクターや自分探しといった言葉にピンとこないタイプの俺は、「軸がブレる」という表現も理解できていないところがある。個性的じゃない人間なんていやしないと思うのと同様に、人間の軸はブレようがないし、ブレたとしてもそれも含めて個性だろって。

ただね、軸がブレるという感覚とは違うと思うんだけど、少しだけそれに近い、記憶から消したい思い出がある。

俺の場合、思ったことを発言して、それが失言となり、番組プロデューサーが始末書を書いたり、うちの事務所にも迷惑をかけたりすることが多い。そういう時は、本当に申し訳ないことをしたなと思うけど、それ以上に心に傷が残った出来事が一度だけあったのだ。それは、ある番組内で戦争に関することを真面目に議論する場面だった。俺にはその議論に関して、本当に言いたいことがあった。そして、「今、言うべきだ!」というタイミングもつかめていた。

なのに、俺はその言葉を飲み込んでしまう。

ひとことで言えばビビってしまったのだ。

ビビって飲み込んだその言葉は、今でも胸に残っているし、思い出すたびに嫌な気持ちになってしまう。

今、その話をしていて、思い出したのが「転向」という言葉。

第二次大戦が始まって、それまでは平和主義をうたっていた人物たちが軍国主義になびいて「転向」した。ある時期、その現象に興味を持って文献を読みあさったことがあるんだけど、その裏にあったものも恐怖、つまりビビった時に「転向」が起こったのではと感じた。その恐怖は、ある特定の人物が怖いといった具体的なものではなく、戦争へ向かう世間の空気全体が、恐怖に包まれていたのだと思う。

それにしてもだ。「キャラクターのはなし」から「転向」にまで思考がとぶ俺を、世間の人はなにキャラだと評するのだろう。

運のはなし

俺は神頼みというものをしたことがない。おみくじや占いにも興味がないし、心霊現象にいたっては、異常なほどに嫌悪感を抱いていた時期があった。

若手の頃、心霊スポットヘロケに行くっていうので、事前に神社でお祓《はら》いをしてもらったのね。ところが、当時の俺は、せっかく神主さんがくれたお守りを、その場で踏みつけたっていう(苦笑)。スタッフ全員が「はぁ？　お前なにやってんの？」って顔をしてたのを今でも覚えている。平将門が祀《まつ》られている将門塚へロケに行った時もひどかった。将門塚周辺のビルは塚を見下ろすように窓を作ってはいけないとか、いろいろと言われてるのに、俺は将門塚を蹴っ飛ばしてしまう。

当時の俺は、それぐらい心霊現象的なことを嫌っていたんだけど、今考えると、好き嫌いの問題じゃなく、あまりにも人としてのマナーがなってなかったよなぁと思う。

若手芸人の頃ですらそんな感じだったから、大学生の時は、もっとひどかった。

当時、心霊商法がマスコミで叩かれたりしていたんだけど、俺が使っていたターミナル駅でも、その手の勧誘が盛んだったのね。勧誘員は学生で、こっちが男だと、わりとキレイなおねえちゃんが「ちょっとお話ししませんか?」と寄って来るわけ。俺は完全に冷やかし気分で「いいよ。行こう」と答えていた。

で、連れて行かれた先が、どっかのビルのサロンみたいなところだったんだけど、1999年に地球は滅びるみたいな典型的な終末論を聞かせるわけ。こっちは冷やかしで来てるだけだから「そんな話よりさ、セックスとかに興味ないの?」つって(笑)。その子からしたら最低な勧誘相手だったと思う。しかも、システム的に担当制だったから、俺が思い出したように「あの子、いる?」って月に何度か顔を出していたら「うちはキャバレーじゃないんですから」と言われ始めて、最終的には「もう来ないでください」って出禁になってしまう(笑)。

最近では、さすがにそこまでの嫌悪感はないけど、運にまつわるものは、やっぱり好きじゃない。もちろん、ギャンブルやスポーツなどの勝負事をはじめとするものに運の存在は無視できないだろうけど、「運」「不運」を神様のおかげとは思わない。

とはいえ、芸能界の表舞台に立つ上で、運と才能のどちらの比重が上かと言えば、やっぱり運だと思う。爆笑問題にしても、6対4ぐらいで運のおかげのほうが大きいから。この感覚って芸能界で生きている人たちみんなが思うことじゃないかなぁ。

逆説的に言えば、おもしろくても売れない芸人を今までに死ぬほど見てきているし、俺たちの場合はネタにまつわる運もある。時事漫才は、その時々でどんな事件が起きるかでネタが変わるわけで、それは自分ではコントロールできない巡り合わせでしかない。Aという会場ではウケたのにBという会場では同じネタでもまったくウケないという、客との巡り合わせもある。もちろん、ある程度の経験によって、会場の空気を笑いが起きる方向に持っていく技術も必要とされるし、それがなきゃ生き残れない。でも、テレビの視聴率がわかりやすいんだけど、「裏番組でそれをやられたら勝てるわけがない」という巡り合わせみたいなものは、絶対的に存在する。

つまり、運は存在すると俺も思う。

でもね、自分の選択や行動がもたらした結果に対して「運が悪かった」とか「世の中がわかってない」だとか、他者の責任にする思考が嫌いだということ。人生なんて、「今日の晩飯になにを食う?」から「この仕事はやるべきか否か?」まで、選択の繰り返しなわけでね。そりゃ、選択の結果がいい時もあれば悪い時もある。もしかしたら、選択するという行為に対して苦手意識を持つ人が多いから、占いなどがもてはやされるのかもしれない。でも、〝占いに頼る〟という行為だって選択のひとつだから。

逆に言えば、世の中や神様が不公平だなんて思わない代わりに、「手柄も俺だよ」っていうことでもある。爆笑問題で、なにかいいことがあったのなら「手柄は俺たちだよ」っていうね。

運ではなくて「運命」というテーマなら、また少し語感が変わってくる。

自分の運命に関しては、運の話と同じで興味がない。でも、科学的な事象は興味深いのだ。たとえば、「なぜ、エネルギーの流れは秩序から無秩序へと流れるのか?」とかね。あるいは、「なぜ、いろんなものが回るのだろうか?」という疑問。

地球がぐるぐる回る。宇宙もぐるぐる回る。同じようにDNAの二重螺旋構造もぐるぐる回る。すべてが、ぐるぐるぐるぐる回る。それは、どう考えてもあらかじめ決められているとしか思えないんだけど、じゃあ、そのリングに対して「納得いかねぇ!」という自分もいるから、パッと離れられる可能性もゼロじゃないと信じたい。同時に、もしそのリングから自由になれたとして、「で、どうすんの?」と感じるであろう自分もいて、相当な孤独だろうなぁと想像したりする。

では、「運命」ではなく「天命」ならばどうか。

たとえば、坂本竜馬。

竜馬は満31歳でその生涯を閉じるわけだけど、それを「早すぎる死だ」とする意見も「天命をまっとうした」とする意見も、両方あるように思う。俺自身、大政奉還を成して江戸幕府がなくなったあとの新しい日本を坂本竜馬がどう生きたかは、やっぱり見てみたかった。でも、福山雅治が主演した大河ドラマ『龍馬伝』だけでなく、あまたのドラマや映画や書物で坂本竜馬の人生を何度も楽しませてきてもらったわけで、「31歳の人生でも充分だろう」とも感じる。

ジョン・レノンもしかり。満40歳の人生は決して長くはないけれど、彼が残してくれた楽曲の多さは、充分に俺を満たしてくれている。松田優作だってそうだよね。40年間という決して長くはない人生だったけれど、いったい何本の主演映画やドラマを残してくれたんだよって話だから。

ただ、坂本竜馬にしても、ジョン・レノンにしても、松田優作にしても、本人的には「まだまだこれから」との思いは絶対にあったはずだ。彼らの生き方を想像すると、常に現状に満足しなかった人のような気がするからね。逆に言えば、たとえ長生きをしようが「まだまだ」と常に満たされなかったはずで、何歳まで生きたからOKという区切りはないんじゃないかなぁとも思う。

つまり、どこまでいってもキリがないのなら、どこで切っても一緒ということ。

その思いは少なからず自分にもあって、俺は、いつ死んでも別に怖くはない。

先日、伊集院と「落語のサゲ」の話で盛り上がった。

サゲというのは、まぁ、オチのことなんだけど、落語の場合、そのサゲってやつがダジャレ的な言葉遊びだったりして、せっかくの本編を台無しにしているんじゃないかと感じていた時期が俺にはあったのね。もっと乱暴に言えば、落語にサゲは必要ねぇんじゃないかと思ったこともあるんだけど、たとえ陳腐なサゲだとしても、それがなければやっぱり落語はつまらないいんじゃないかとの結論に至った。

なぜかというと、サゲがなければ落語は終われないいし、陳腐かもしれないオチがあることで、落語を聞く者も現実に戻ることができる。落語はサゲに向かって話が進んでいるわけではない。ならば、本編そのものがおもしろければ、オチが劇的じゃなくても全然構わないんじゃないかなぁって。

落語のサゲを死とするならば、俺は人生の終わり方も決して劇的じゃなくてもいいと思っている。どうやって劇的に死ぬかを考えながら生きているわけじゃないのだから、死が劇的である必要は一切ない。落語でいう本編、人生でいう生きている間がドラマチックでおもしろければそれでいい。

そして、俺自身もどこでどう人生を切られても別に一緒だろうと思っている。

ただね、たとえば小説をあと1ページで書き終えるといった瞬間に死ぬのだけは絶対に嫌だ。神頼みが嫌いな俺は、いったい誰にお願いすれば、その手のオチだけは勘弁してもらえるのだろう。

エゴのはなし

俺はエゴの強いタイプだと世間から思われているだろうし、自分でもそうだろうなぁと思う。ただ、誤解されていると感じるのは、じゃあ、爆笑問題のどちらがエゴイストかと言えば完全に田中だから。自分が大好きで、受け入れないものは一切を拒む田中裕二という男。たとえば、爆笑問題が喧嘩した時、俺がひどい言葉を口にすることもあるけど、話し合いを放棄することはない。でも田中は、キレると思考停止しちゃって「もういい！解散する！」と叫び始める。「これから本番だからさ」と、こっちがなだめても聞く耳を持たない。さすがに最近は「解散！」とは叫ばなくなったけど、テレビの収録中「こいつ今、キレてんな」という瞬間はしょっちゅうあるし、俺以外の出演者がいても、平気でスタジオを凍りつかせたりもする。そうなった時の田中には誰もかなわない。無敵状態だ。

ただまぁ、人間なんてみんなエゴの塊みたいなもの。俺には、そのことについて考えさせられた、ある出来事があった。

麻原彰晃が、地下鉄サリン事件の首謀者として逮捕される直前に、オウムのホームページで「現在、人々が愛だと呼んでいるもの。そのほとんどはエゴでしかない」みたいなことを書いていたのね。本物の愛というのはエゴではないという主旨が続いていたんだけど、俺は、「麻原は勘違いをしている。どれだけ上からの視点で語ってるんだ？」と強く感じた。たしかに、神の愛とは無償のものであり、エゴではないと俺も思う。だけど、人間が持てる愛情なんてエゴそのものだろうと。だからこそ、当時の麻原が、まるで自分のことを神になったかのような視点で語っていることに危険な匂いを感じたのだ。エゴがあってこその人間。もしも、人間からエゴが失われたのなら、つまらないと感じることがなくなる代わりにおもしろいとも感じられないだろうし、憎しみの感情を抱かなくなる代わりに愛情すらも、ふわっと消えてしまうだろう。

つまり、エゴがなくなる＝人間じゃなくなるということ。エゴをなくした神のような人間が、感情の起伏のない無風地帯で生きるとして、果たして幸せなのかなと思う。

そういう意味で、表現するという行為は自己のなにかを他者に伝えたいというエゴであり、ひどく人間っぽい。

たとえば、映画監督の黒澤明。

黒澤さんは、「そこにある家が邪魔だ」と引っ越し費用を全部負担して、撮影のために、その家を壊してしまったことがある。まさに表現者のエゴの最たる例だと思うんだけど、俺は、『バカヤロー！４』（１９９１年）というオムニバス映画の一本「泊まったら最後」

という作品で監督を経験して、黒澤明は正しいとすごく感じた。ある場面でのライティングなどに違和感があったのに、スタッフの労力を考えて、つまり、現場の空気を読んでダメ出しができなかった。でも、完成した映画は自分の違和感を押し殺して妥協した場面が全部ダメだった。その時、映画監督は空気の読めない暴君じゃなきゃ務まらないと思ったし、今後、映画監督をやるのなら、絶対に同じ失敗をしない自信がある。予算などの現実的な問題は別にして、絶対に妥協はしない。なぜなら、「泊まったら最後」の時に「二度と同じことはしない」と決めたし、俺は一回こうと決めたら絶対にそうするであろう、エゴイストだからだ(笑)。

興味深いのは、一切の妥協も許さない黒澤明が、全盛期の脚本を共同執筆していたということ。映画のおもしろさが決まるのは脚本。あれほどの天才ならば、ひとりでも傑作を書けたはずなのに橋本忍ら3〜5人でアイディアを磨き続けた。俺はこの点こそが、黒澤明の一番すごいところだと思うんだけど、とびっきりのエゴイストにもかかわらず、自分ひとりから生まれるものの限界を感覚的にわかっていたんだと思う。

テレビでの俺は、編集や演出をスタッフに任せている。黒澤明の脚本チームの素晴らしさにも通じるんだけど、出演者やディレクター、照明や音声など各ジャンルの専門家がいて、みんなの共同作業でひとつの番組を作るということ。その点こそ、俺がテレビを好きな一番の理由だからだ。

ディレクターという人種は「裏番組を考えてCMを入れるタイミングをうしろにずらそう」とか、俺なんかじゃ考えもつかないレベルで視聴率と日々格闘している。もちろん、「俺の長話、全部カットかよ」とか冗談でディレクターに言うことはあるけど、演出や編集に関して俺に従わせようとは一切思わない。逆に言えば、「おもしろいことをしゃべってしまえば俺の勝ち」という演者としてのエゴもある。

じゃあ、小説を書くという行為はどうだったかと言うと、完璧に自分の世界を表現するエゴの極みのようなジャンルだった。映画よりも関わる人間が少ないという意味では、エゴの濃度も高い。

実は、『マボロシの鳥』って、『テレビブロス』で連載していた原稿用紙3枚程度の短編群を膨らませて書いた作品だ。表題作の「マボロシの鳥」も、ふたつの世界を交互に描くという単行本版の手法をブロス版ですでに実験していて、自分としては、けっこうおもしろいものが書けたという手応えがあった。それが数年前のことだったんだけど、当時の俺は、ライブの打ち合わせ等でよく顔を合わせる田中や放送作家の連中に「悪口でもいいから感想を聞かせてくれ」と言っていた。

ある時、「マボロシの鳥」のブロス版の感想が知りたくて、作家の野口に聞いたところ

「おもしろかったです！」と言う。「あれってさ、鳥を捕まえる者の世界と鳥を逃がす者の世界っていうふたつがあったじゃん？」と俺が続けると「……え？」って野口が固まったわけ。あいつは読んだ直後にもかかわらず、鳥を捕まえる者の世界の印象がなにひとつ残っていなかったのね。怒る気にもなれず、その場でただただ愕然《がくぜん》とするしかなかった俺。

田中にいたっては、もっとひどかった。

「奇跡の雪」という作品のもととなる短編も『テレビブロス』で書いていたんだけど、その時は「読者にはわかりにくくてもいいや」と思って書いていた。バグダッドのテロにまつわる、あるニュースを知らなければ理解しにくい内容だったからだ。単行本化した際は事件を知らなくても伝わる内容に書き直したんだけど、連載時は締め切りの問題がある。だから、「今回は伝わらなくてもいいか」と、意図的に難解でもＯＫとして書いた。それを読んだ田中が、珍しく自分から感想を口にしてきた。

「何時間もかけて何十回も読んだけど、なにが言いたいのか、まったくわかんなかったんだ。ごめん！」

たしかに「奇跡の雪」は、伝わらなくてもいいと思って書いたけど、何時間もかけて読んでもわからなかったという、どうでもいい感想をわざわざ伝えた上に、最終的には「ごめん！」かよと。誠心誠意謝られたのが逆にショックで、「ふざけんな！」と怒鳴りちらした俺。

ただ、そういう時に「ふざけんな！」「バカじゃねぇのか！」と怒りながらも、どっかで引っかかりを感じてもいる。的を射ない感想に「ふつうの読者ならわかってくれるはずだ」と憤りながらも、俺の表現自体にも足りない部分があるんじゃないかと必ず反省する。このやり取りは、黒澤明の脚本チームのようなハイレベルの共同作業ではなく、単なる俺の性分だと思う。ケチをつけられるのが、とにかく嫌いっていうね(笑)。

野口や田中を「バカじゃねぇのか！」と思いつつ、そんなバカにもわからせる小説を絶対に書いて「これでどうだ！」と、わからせたいんだと思う。

ところが、野口や田中という男は、こちらの想像をはるかに超える。

『マボロシの鳥』が単行本化された時、ふたりがそれを読み「おもしろい」と言ってくれた。じゃあ、表題作の「マボロシの鳥」をどう感じたのかと野口に聞くと「タンガタが登場するシーンが、すごくよかったです」と言う。タンガタとは登場人物のひとりで、過去『テレビブロス』の連載時に、野口が記憶に残らなかった鳥を捕まえる者の世界に登場している。そのことが気になった俺は、「連載の時にお前がふたつの世界があるって気づかなかったのって覚えてる？」と確認すると、「そんなことありましたっけ？」と、その場面を忘れていたことすら忘れていたっていうね(笑)。

田中も負けちゃいない。「『奇跡の雪』、素晴らしかったよ」なんて言うから、「お前ね、俺が怒鳴ったのって『奇跡の雪』だよ？」と返すと「そうだったたっけ！」と驚く始末。今では彼らに感想を聞く気すら起きないのは、言うまでもありません(笑)。

日本と世界のはなし

〈智恵子は東京に空が無いといふ〉

これは、高村光太郎による『智恵子抄』の有名な一節だけど、俺は東京に空がないと思ったことがない。仕事で地方に行っても、東京の空とたいして変わらないなぁといつも感じる。だから、「外国の景色は絶対にすごいよ」と海外旅行をすすめられても「東京の空で充分だから」と断ってしまう。今回のテーマのひとつである「世界」でイメージしたのは「日本以外のすべての国々」だったけど、じゃあ、世界のどの国に行きたいかと聞かれたとしても「とくにない」っていうね。旅って、行ってみてから楽しいかどうかが決まる出たとこ勝負みたいな部分があるじゃない？　俺は、その手の出たとこ勝負は極力したくないタイプだし、なにより、東京や日本が好きなのだ。

にもかかわらず、俺は「反日だ！」と評されることがある。

〈俺は日本のどこが好きなのか？〉

これは、『憲法九条を世界遺産に』を出版する時期に散々考えたんだけど、世界の常識と比べるなら特殊だとされる日本の独自さにこそ、その理由がある。たとえば、憲法九条。アメリカは日本に二度と戦争を起こさせたくなかった。自国では絶対に成立不可能である無垢な理想論を憲法九条に込めた。日本も戦争はこりごりだったから、それを受け入れた。あのタイミングだからこそ成立した、人類史上稀にみる理想的な憲法が九条だった。

ところが改憲派は、「自国の憲法を他国に作られた経緯がおかしい」と言う。

じゃあ、そのおかしな憲法が制定されて65年。改憲との意見を口にする人のほとんどは、その生涯を憲法九条に守られて成立してきているはずだ。なのにさ、50歳だったら50年として、「じゃあ、自分の50年の人生も成立してなかったって言うわけ？」って、俺は思うのね。もしかしたら、改憲派は自分の人生が成立してないと答えるのかもしれないけど、少なくとも俺の46年間の人生は、ちゃんと成立していたから。他国に作られた憲法なんてまったく意識してこなかったし、俺の人生まで嘘やまやかしだったとは言わせないよって。

もう少し、視点を身近なものに移しても、やっぱり俺は日本という国が好きだ。

それは、自分が携わっている仕事の存在が大きいのかもしれない。

よく、日本のお笑い文化は世界一だと言われる。まぁ、実際に世界一かどうかは確かめようもないけど、俺もその通りなんじゃないかなと感じている。笑いを作る側はもちろん、見る側も含めての日本人の繊細さ。その感覚の素晴らしさって、日本人が世界と比べて、かなり秀でている資質だと思う。

　世界とまではいかなくても、わかりやすく日本と対になるアメリカと比べてみても、あの国の人たちは俳句ひとつですら容易には理解できないだろう。そういう人たちが、日本の笑いの繊細さに共感できるわけがない。アメリカ人が落語に触れた日には、笑いどころを平気で聞き逃すんじゃないかなぁとも思う。

　ヨーロッパの人々はアメリカよりも繊細な表現を好む印象があるけど、笑いに関しては大差がない。アメリカの代表的なお笑い番組『サタデー・ナイト・ライブ』よりは、イギリスの代表的なお笑い番組『モンティ・パイソン』のほうが日本の感覚に近いとは思うけど、俺が子どもの頃から見てきた日本を代表する番組のほうが、やっぱりおもしろいから。

　たとえば、日本のプロ野球選手が世界最高峰と評されるアメリカに渡って、メジャーリーグで勝負したいと願う気持ちは理解できる。でも、こと笑いに関しては、アメリカ進出なんて意識したこともないし、日本で多くの人に共感されることを目指すほうが、俺のなかでは「ど真ん中」だ。もちろん、漫才ひとつを例にとっても言葉の壁という問題があるんだけど、笑いに関しては日本のほうが上なんだから、こっちからアメリカに出向く必要性を感じない。むしろ「お前らが日本語を勉強して日本に来い！」っていうね(笑)。

　こういう発言を平気でするから、俺は「反米だ！」などと言われることもある。

たしかに、バブルの頃にアメリカ人が「日本人は、みんながエコノミックアニマルで、同じような服を着て、まるきり個性がない」などと論じていた頃には、「なんなんだ、その雑なものの捉え方は！」と思っていた。

「そうやって大雑把にしかくくれないお前らには判別できないほど日本人の個性は繊細なの！」

「で、繊細にわけていくと、むしろ日本人はアメリカ人よりも個性的だから！」

当時は、よくそんなことを感じていたし、今でもアメリカの悪口を言おうと思えばいくらでも批判できる。

ただ、誤解されているなぁと感じるのは、俺はアメリカのエンタテインメントが大好きだということ。

カート・ヴォネガットなどのアメリカの文学。

ウッディ・アレンなどのアメリカの映画。

それらが大好きな俺は「アメリカ＝一切受けつけない」というタイプでは決してない。

「俺たちがナンバー1」と言い切って、無邪気に楽しむ彼らの姿は絵になるなぁと憧れたりもする。日本人の場合、自分の国を厚顔無恥に賞賛することに慣れていなくて、必ず自分たちでツッコんでしまうものだ。いわゆる、恥の文化ね。まぁ、恥を知っているからこそ繊細な表現ができるのだろうし、日米の国民性の違いだと思う。アメリカの場合、「俺たちがナンバー1」と無邪気に楽しんでいるうちはいいけど、それがいきすぎると暴力的な横顔が現れたりもする。つまり、「反米」とかいう単純なくくりではなく、日本人の視点からみれば、アメリカに対していい面と悪い面を感じるのは、むしろ当然なことだろう。

ただね、俺には、最近のアメリカがかわいそうに感じる瞬間がある。日本との関わりで言えば沖縄の基地問題など「俺たちがナンバー1」だと無邪気に言い切れない時流が、そう感じさせるのかもしれない。

言ってみりゃ、ガキ大将の挫折。

日本人は、恥を知る国民性もあるし、あの敗戦も経験しているから挫折に対して免疫力がある。ところが、挫折に慣れていないガキ大将みたいなアメリカという国は、ベトナム戦争以後、徐々に自信を失い、そのショックに耐え切れなくなりつつあるように思う。そのムードは、エンタテインメントにも反映されていて、最近見た『キック・アス』という映画では、ある種のヒーローものにもかかわらず「俺たちがナンバー1」という無邪気さは影を潜めていた。

主人公はヒーローオタクの高校生。彼は生まれつきの強者ではなく、試練を経てヒーローとなるんだけど、完全に日本のアニメや漫画に影響を受けている作風だった。ということは、日本人の感覚に近い繊細な表現も含んでいるわけで、俺もおもしろい映画だとは思ったんだけど、少なくともガキ大将的なアメリカらしさは感じられなかった。

逆に言えば、日本人の表現者にとっては、ひと昔前よりもアメリカ進出のハードルは下がっているということかもしれない。じゃあ、俺が映画監督をした時に世界を意識するかと言えばそれはない。理由はふたつある。

映画というジャンルで世界に認められた表現者の代表例としては、カンヌ国際映画祭グランプリなどを獲得した黒澤明だろう。

でも、黒澤さんに「世界で通用する映画を作ろう！」との意識があったかと言えば、そんなものはなかったんじゃないかなぁと俺は想像する。おそらく、黒澤明は世界に媚びてなんかいなかったはずだ。

逆に、「外国人に日本らしさを感じてもらおう！」などと世界に媚びた結果、認められなかった監督のほうが多いと思う。黒澤さんは、世界に通用するのが目的だったんじゃなくて、目の前の日本の観客をなるべく多く楽しませようとした。あくまでも、その結果として、世界が認めたんじゃないかって。だから、もしも俺が映画を撮ったとしても黒澤さんのように世界を意識などしないだろう。

……なんて言い切れればカッコいいんだろうけど、俺の場合は世界を意識しないもうひとつの理由があって、むしろ、こっちの理由のほうが大問題だ。

それは、俺にはそのセンスが全然ないということ(苦笑)。

映画じゃなく、漫才で考えてみても「女子高生にウケるネタって簡単に言うけど、それってどんな漫才なの?」って思ったりもしてきたからね。

小説もしかり。

『マボロシの鳥』を売れたと言ってくれる人もいるけど、じゃあ、当時のエンタメ書籍ランキングをみると、必ず〝もしドラ〟が上位にいた。その作者が、秋元康の弟子らしいと聞いた時は心底ガッカリした。秋元さんと言えば、おニャン子クラブからAKB48まで「これを売るぞ!」と狙って当てたヒットの達人。つまり、俺にはないセンスを持っている人なわけだけど、「俺はその弟子にも負けちゃうのかよ!」っていうね(苦笑)。

「ヒットを生み出すセンスがない」って、自虐などではなく俺の本音の言葉なんだけど、アメリカ人からは、恥の文化のひとつと勘違いされるのでしょうか。

ピュアなはなし

透明なビー玉。今回のテーマが「ピュアなはなし」と聞いて、まず思い浮かんだもの。俺が子どもの頃に遊んだビー玉にはマーブル状の柄が入っていて「なんで透明なヤツを作らないんだろう？」と感じていたのね。ところがラムネの瓶に入っていたビー玉は透明に近くて妙に気に入っていたわけ。ただ、ラムネのそれにしても緑色がかっていたり気泡が入っていたりしたから、混じりっけなしの水晶玉を小ちゃくしたようなヤツがあればいいのになぁって。

思春期の頃は、自分の価値観や美意識がマーブル柄のビー玉のように混ざり始めて、ドツボにはまっていたように思う。

小学生の頃からチャップリンが好きで、中学生になる頃には映画監督になりたかったんだけど、まずは「俺は単純にチャップリンの作品が好きなのか？」「それとも、世界的に有名だからチャップリンの映画が好きなのか？」と悩み始めたわけ。で、自分が映画監督を志すようになると、「俺はチャップリンのように素晴らしい作品が作りたいのか？」「それとも、チャップリンのように有名になりたいのか？」との二者択一で揺れてしまう。当然、いい作品を作りたい自分であってほしいんだけど、どうやら本音の本音をのぞきこむと、「人から称賛されたい」「有名になりたい」っていう思いのほうが強いんじゃないかと気づいてしまった。思春期の当時は、純粋じゃなきゃ嫌なものだから、「あぁ、俺はダメだ。いやらしい」とか「俺は汚れてる」と精神的にどんどん落ちていった。

そうなると、読む本も聞く音楽も「今、感動しかけたけど、それって純粋に作品に対してじゃなくて世の中で売れてるからじゃないのか?」という自問自答があって、まったく楽しめなくなってしまう。そのうち、なにを食べても「お前は本当にこれをうまいと思ってんの?」と感じる自分がいて、味覚までなくなってしまった。

行きついた果ては無気力の塊。

まるで、世界がそれ一色で覆いかぶせられたようなグレーな世界。

そこから抜け出せたのは、高校2年生の時に見た、ピカソの「泣く女」だった。

その絵をボーッと見てたら「あれ? 表現ってなんでもアリか」とじわじわと衝撃を受けていって、有名になりたい自分もいるし、いい作品を作りたい自分もいる。いやらしい自分も肯定できたというか、有名になりたいし、金も欲しいし、女の子にもモテたいし、そういうのも全部自分だと思えるようになれたってわけ。純粋でなきゃいけないという思いに囚われていた時は曲げられなかったんだけど、ピカソの「泣く女」を見た衝撃のおかげで、徐々に楽になれた。それは、あの絵画の正しい鑑賞法ではないのかもしれないけど、10代の俺には、とてつもない救いだった。

その当時に散々悩んだから、大人になってテレビでの仕事をするようになってからは、純粋か否かみたいなことで悩むことはない。せいぜい、「果たして俺は、仮に熱湯風呂が本当は熱くなかったとしても、ちゃんとリアクションできるだろうか?」と、ふと考えるぐらいなものでね(笑)。

ただ、「キャラクターのはなし」でも触れたけど、今でも自分の中の基準としてあるのは電車のホームから線路に落ちた人を咄嗟の判断で救うことができるかということ。

つまりは、反射神経で無垢なことをできるか否か。

そのことを一番考えさせられたのが、2001年に起きた「新大久保駅乗客転落事故」だった。泥酔してホームから落ちてしまった人を救おうと、日本人カメラマンと韓国の留学生が自分の命をかえりみずホームに飛び降りる。

結果として、3人とも命を落としてしまうわけだけど、俺には到底真似できない無垢な行為だと感じられた。その場に俺がいたとしたら、足がすくんでしまって、なにもできなかっただろう。でも、そのあとで激しく後悔する自分も想像できるし、美意識としては「咄嗟に動ける人間」でありたいもの。だから、そういう時、咄嗟に動けるよう日頃から心がけているんだけど、もうね、心がけてる時点で持って生まれた反射神経のようなもので動ける人には、かなわないってことだから。

俺が好きな表現者でピュアだなぁと真っ先に思いついたのは、たけしさんだ。

今までのたけしさんの言動を振り返っても、いざという時、後先考えずに自分を殺せてしまう。考えた末の行動なら俺にもできるかもしれないけど、理屈じゃなくて生身で勝負している感じ。たとえば、反射神経で電車のホームから飛び降りることが、たけしさんならばきっとできるだろう。

同じく、松田優作と向田邦子。俺の勝手なグループ分けなんだけど、たけしさん、優作、向田さんは根っからピュアな人間で、理屈じゃなく生身で勝負しているのが表現にも滲みでている。

実は、たけしさんがツービートで登場したからこそ、俺の思春期の悩みが始まっている。偽善について考えさせられた季節の始まりだ。たけしさんって、世間では毒舌とも評価されていたけど、中学生の俺には偽善の匂いの一切しないピュアな存在であり、本音で生きる生身のすごさを感じさせられた。だからこそ、「果たして俺は?」と精神的に落ちていったっていうね。

当時の俺は太宰治の小説も好きだったんだけど、太宰はたけしさんとは真逆に位置するタイプだと思う。

もちろん、小説はすごい。けれども、人間のタイプで言えば、いざという時に足がすくむ男じゃないかなぁと思う。その人間性は作風にも現れていて、たとえば『駆込み訴え』という短編に登場するのはキリストとユダ。延々とユダの独白が続いていくんだけど、要は、なぜユダがキリストを裏切らざるをえなかったのかという物語なのね。作者である太宰はユダの側に立っていて「キリストは無垢で美しくて理想的だけれども同時に残酷でもある」みたいなことをユダに言わせる。そんなユダを許したい気持ちが太宰にあることを読者は感じとる。『人間失格』もそうなんだけど、太宰は未熟な人間を描くと同時に、その憧れである無垢な人物も登場させて、そのふたつの振り幅で人間というものを表現している。『富嶽百景』という作品にいたっては、未熟な人間として自分を描き、ピュアさの象徴として富士山を描いているほどだから。「富士はよくやってるな」と、その無垢さに憧れながらも、自分のいやらしさを嫌悪するんだけど、俺にはすごく共感できた。

文学の世界でピュアな表現者と言えば、なんと言っても宮沢賢治だ。たけしさんタイプとはまた違う意味で、自分という存在を殺して物語を紡ぐ賢治の作品は、野良仕事に近いと思う。

ことピュアさに関しては、農家の親父には到底かなわないと俺は思うのね。毎日毎日、一生懸命に畑を耕す。アカデミックなことなんて意識しないでその日を暮らしている。あきらめるところはあきらめる。金銭的なことだけじゃなく、知的な欲望みたいなものも深追いしない。かといって感動しないわけではなく、日々、太陽が昇って沈むという自然の光景を見て、まっとうな感動を得て暮らしている。そして、名も無き者として死んでいく一生の美しさといったら、いくらテレビを通して日本中に顔を知られていようが、俺らなんて到底かなわねぇなと思うわけ。その生涯に近いと感じる表現者が宮沢賢治なんだけど、子どもを喜ばせたいといった純粋な思いで童話を生んでいった彼の一生は、とてつもなくピュアだ。

小説の仕事でいえば、俺は、太宰治的な私小説ではなく、宮沢賢治のような物語を紡ぐことが目標だった。でも、いざ『マボロシの鳥』を出版したら、「太田本人が出過ぎ!」と言われちゃったっていうね。俺自身は自分を殺して、あくまでも物語を書いたつもりだった。まぁ、世間の反応には「そうじゃない!」と感じつつ、「やっぱりなぁ」との思いもある。だいたいさ、根っからピュアな人は、これだけ長々と理屈で語るはずもなく、一瞬の行動でそれを示せるものだから(苦笑)。

まぁ、結局は、人間のタイプだと思うので、「批判ニモマケズ」生きていこうと誓う今日この頃です。

第四章

表現とは？

漫才のはなし

爆笑問題は、今でこそ時事漫才のコンビだけど、結成当時はコントをやっていたし、それ以後も時事漫才ではないネタをやっていた時期がある。

今でもよく覚えている漫才が3本ある。

ひとつは、1993年の『GAHAHAキング爆笑王決定戦』の挑戦一発目でやったネタね。その年のNHK新人演芸大賞も獲った漫才なんだけど、英語の教科書ネタだった。英語の教科書に出てくる少年ふたりの会話を「これは机です」「見りゃわかるよ！」とかツッコミを入れるというもの。元々は営業ネタだったんだけど、当時の鉄板ネタでもあったから〝GAHAHA〟と〝NHK〟はその漫才で勝負した。

もうひとつが、「もしも○○が××だったら？」という漫才。タイタンライブ（2ヵ月に1度開催される事務所主催のライブ）では時事ネタの漫才をやり始めていたけど、単独ライブとかではこちらの型で作っていて、今でも覚えているのは、2000年問題が話題になった頃の漫才だ。

設定は、人工知能が今後発展していったらどうなるのか。ネタの中では、自分の記憶をパソコンやハードディスクに保存していくことになるだろうと展開していく。つまり、技術が進化するにつれて、パソコンのほうで脳の代わりに思考してくれるようになって、みんなどんどん頭が良くなっていくってわけ。最終的におでこに小型のPCをつけて生活するようになるんだけど、そこに2000年問題が浮上してしまう。

みんながどうしようとなって、1999年の大晦日。おでこに小型PCをつけた知識人が『朝まで生テレビ!』みたいな番組に集まって議論を交わすんだけど、答えなんて出るわけがない。でも、カウントダウンの時はやってくる。みんなで「3、2、1、ゼロ」と言ってるうちに年が明けるんだけど、そこから再び「1、2、3」ってカウントを続けるというオチだった。つまり、人工知能に頼り過ぎた人類は、2000年問題でパソコンが狂って、その頃には使っていなかった自分の脳は退化してしまっているだろうから、みんながバカになっちゃうっていうね。

この手のSFっぽいネタは昔から好きなんだけど、今ならコントで表現すると思う。人工知能の漫才って、結局はストーリーだから。

逆に言えば、漫才のひとつの魅力がそこにある。

つまり、当時の俺たちにはきっちりセットを組んでこのネタをコントでやるという予算は許されなかった。でも、漫才なら、こちらの伝え方さえちゃんとしていれば、仮に1億円かかるセットだろうが、しゃべりだけで客にイメージさせることができる。

コントから漫才に変えた時のネタも覚えている。なぜかっていうと、コント赤信号のリーダーのナベさんとラサール石井さんが「名作だ！」と褒めてくれたからだ(笑)。

「もしも、冬が寒くなってくるんじゃなくて、臭くなってくるとしたら」みたいな設定だった。11月くらいになると「あぁ、今年も臭くなってきたね」なんて会話があって、真冬には「臭いから早くコタツに入んな！」なんていうね。さらに、「もしも夏になると痛くなるとしたら」かなんか言って、四季全部をやったんだと思う。

ただ、この手の漫才は、導入部分の芝居力や間、話の持っていき方の構成力がしっかりしていないと、まったくウケない可能性がある。客の反応として「なんの話をしてんの？」となったら最悪で、ネタがスベりまくる。

その点、時事漫才はツカミが早い。

旬な話題をギャグにするっていうのは、やっぱりウケがよくもある。難点はギャグがパターン化してしまうということ。政治家の献金問題や殺人事件にしても、実際に起こる事件にパターンがある以上、「着想」が似てきてしまう。

俺は、笑いのパターンについては、意識してきたほうじゃないかなぁ。デビュー当時にウッチャンナンチャンがショートコントをすごくうまくやっていたのを見て「ショートコントはやらない」って決めたし、発想のコントに限界を感じて「もしも漫才」に変えて、今は時事ネタを中心にしているわけだからね。

じゃあ、なぜ漫才を続けているかと言えば、たけしさんの影響が強いように思う。

これはネタのスタイルうんぬんの話ではなくて、「ツービートは漫才を続けていない」ということに対してだ。俺は、芸能界に入った頃から「若い時期のたけしにそっくりだ」と言われていた。たけしさんに憧れてこの世界に入っていたから、その指摘は的を射てるんだけど、一方で「俺は一生、たけしさんの亜流でい続けないとダメなのか？」との思いもあるじゃない？　事実として、ツービートは漫才をやり続けていない。だったら、爆笑問題が漫才をやり続けるのはたけしさんの亜流ではないということ。そんな思いが2ヵ月に1度のタイタンライブで、俺をマイクの前に立たせ続けてきた。まぁ、続けるという意味において、時事漫才が作りやすかったというのもあるっちゃあるんだけど(笑)。

今でも漫才を作るのは本当に憂鬱だ。

学校の宿題と一緒で、まずね、締め切りがあるのが憂鬱で仕方がない。

次にアイディア出しするのも憂鬱だし、それが決まってから田中がどう振って俺がどうボケるって細かく決めていく作業も面倒だし、次にやらなきゃいけない練習もまた細かい作業なわけ。正直、本当に面倒くさい。しかも、ライブ当日には「ウケたハズした」っていう観客の反応に対する心配もあるから、それがまた憂鬱。俺にとっての漫才には、何段階もの憂鬱がある。

でも、最近は、当日の不安が昔よりは減ってきた。

それこそ〝GAHAHA〟の頃は「今日の収録でハズしたら死ぬ」ぐらいの感じで漫才をやっていたから。ところが今は、漫才を定期的にやり続けた観客側の評価みたいなものを感じている。たとえ、その日の漫才ではハズしたとしても「今日の爆笑問題は、ちょっと調子が悪かっただけ」という空気を感じられるようになっていて、それが少しだけ不安な気持ちを溶かしてくれる。

もしも爆笑問題が漫才をやらなくなるとしたら、俺のアイディアがまったく浮かんでこない状態になった時だと思う。実際、以前よりもアイディアが浮かびにくくなり、コントから漫才に移行しているわけで、漫才にしても、当初の「もしも漫才」ではなく「時事ネタ」に変えてもいる。

ただ、若い頃から「もしもアイディアがまったく浮かばなくなったら？」という恐怖心があった俺は、早い時期から、うちの事務所に作家を入れてもらってきた。「エゴのはなし」でも話したように、黒澤明という天才映画監督をして、全盛期の作品には数人の脚本家が参加して共同作業で練り上げていたと。その影響もあって、作家との共同作業を模索してきたってわけ。だからまぁ、なんとか漫才を続けられるんじゃないかという希望もあるけど、俺らが舞台に出て行って誰も喜ばないって状況になれば、漫才をやめざるをえないと思っている。

時間と締め切りのはなし

最近の爆笑問題って、忙しいと言えば忙しいんだろうし、時間が足りないと思うこともあるけど、俺は「仕事＝ありがたい」という意識が強い。パッと売れた人には薄い意識なのかもしれないけど、以前、大人計画の松尾スズキさんと対談した時もこの話で盛り上がった。要は、仕事のない時期が長かった人は、ある程度は忙しくなってからも仕事を断ることができないっていうね。

仕事がない状態って、食えないってだけじゃなく、自分の考えてることや感じたことを発表できないというツラさもつきまとう。さんまさんからは「仕事選べや！」って冗談っぽく言われたりするんだけど、「でも爆笑問題は、ここまでいろいろあったから気持ちはわかるわ」と言ってもらえたりもする。

じゃあ、時間があれば仕事の質が上がるかと言えば、そうとも思わない。

たとえば、漫才。それこそ暇だった頃は、月に1回のライブしか仕事がなかった。ギャラ何千円のライブが唯一の仕事だったわけで、時間はあり余るほどあった。でも、当時のほうが時間をかけてネタを作っていたかと言えばそんなことはなくて、今と同じようにライブの前日から作り始めていた。

結局、時間うんぬんじゃなくて俺の性分の問題だと思う。俺の場合、「時間をムダにしちゃったなぁ」という瞬間がいっぱいあって、というか、時間がもっと欲しいとか思うくせに、そんな瞬間があり余るほどにある(笑)。

たとえば明日はテレビやラジオの仕事がオフだとする。そんな時は、『日本原論』の連載を書いて、別の連載にもある程度のめどをつけてとか、翌日の予定をたてて起きる時間を逆算しておくわけね。で、寝ると。ところが翌日。予定の時刻を大幅に過ぎて目を覚ますし、録画しておいた番組やDVDを見たり本を読んだりして、ダラダラと過ごしてしまう。気がつくと夜。そんな一日を過ごしちゃった時は、我ながらほんとダメ人間だなって思う。しかも、そういうことがしょっちゅうある。もうね、直んない。

人によっては「そうは言ってもオフの日に原稿書いてるんでしょ? もっと休日らしい一日を過ごしたほうがいいんじゃない?」とか言ってくれるけど、いかにも休日な時間を過ごしたいとは思わない。そういう休日を過ごしたとしても、俺は結局、時間を持て余しちゃうから。

だから、海外旅行なんて俺にとっては最悪だ。

以前、お世話になっている番組制作会社の偉い人から「太田くんは絶対にニューヨークが好きになるから」と特番で連れて行かれたことがある。もちろん俺は「外国は好きじゃないですから」って断り続けていたんだけど、「ニューヨークは別もんだから！」と押し切られてしまう。いざ行ってみたら、案の定、嫌で嫌でしょうがなかった。どこに行ってもなにを観ても、ちっともいいと思わない。むしろ、今まで以上に「ニューヨークって嫌な街だな」という思いが募るだけだった。

ただ、その仕事にはもう一本、別の企画が乗っかっていた。

ある出版社が『ガープの世界』などで知られる俺の好きな小説家、ジョン・アーヴィングとの対談をセッティングしてくれていたのだ。ニューヨークから、アーヴィングが住むバーモント州へと移動したんだけど、ニューヨークよりはかなりましだった。

バーモント州は抜けの景色がいい。

目立ったビルもなく家々が点々としてるから、大都市のような閉塞感がない。

この街でなら、いい時間がすごせそうだなとは思ったけど、成田から高速を走って新宿の街に降りた時は、本気でホッとしたからね。俺はやっぱり日本が好きだ。

一時期、映画『アリス・イン・ワンダーランド』で、ジョニー・デップが演じた「帽子屋」のような時間を過ごしていたことがある。

ルイス・キャロルの原作のなかでの「帽子屋」は、女王様によって永遠にお茶の時間を過ごすようにされてしまう。およそ有意義とは思えない全部が無駄な時間。俺にとっての〝ティーパーティー〟な時間は、大学生の頃がそうだった。授業をさぼって行きつけの喫茶店に毎日入りびたっていたから、文字通り「お茶会」でもあったんだけど(笑)。

世は小劇場ブーム。

当時、うちの大学の先輩である三谷幸喜が劇団・東京サンシャインボーイズでマスコミから注目され始めていて、ほかにも有名になりつつある劇団がけっこうあって。同級生たちは、それらの有名になりつつある劇団にこぞって入っていったんだけど、俺はどこかで醒めている部分があった。正直に言えば、彼らのことが嫌いだった。

言い換えれば、単なるジェラシー。

三谷さんの例がわかりやすいんだけど、あっちは注目されているのに、こっちは無名の大学生。とにかく気に入らないわけ、三谷さんがうまくいっているのが。

だから、よせばいいのに、同級生たちの芝居を観に行っては「つまんなかった」と、わざわざ楽屋に行って嫌がらせしてたっていう(苦笑)。でもさ、彼らにも言い分があるわけじゃない？「じゃあ、お前はなにやってんだよ？」と言い返されて、俺は「なんにもしてないけどお前らよりはマシだ！」と開き直って帰ってきてたけど、内心じゃ「たしかにその通りだよな」とも感じていた。

ただ、本当にやりたいことが見つかるまでは動かないのもひとつのやり方だとは、今でも思っている。仕事がなかった30歳の頃に司馬遼太郎さんの『竜馬がゆく』に、俺が激しく共感したのもそれが理由だった。『竜馬がゆく』には、激動の幕末を駆け抜けていく男たちが多かったなかで、なかなか自分の志を確立できず、結果的に遅咲きとなった坂本竜馬が描かれていた。

とはいえ、今まさにティータイム的な時間を過ごしている人たちには、今の俺の言葉なんて、ほとんど響かないと思う。一刻も早くティータイムから抜け出したいと願っている人たちからしてみれば、いくら俺が「そういう時間も必要だ」と言ったところで余計なお世話だと感じるはずだから。

それでも、ひとつだけ言えるとしたら、時間は相対的なものだということ。

たとえば俺は、自分の46年間の人生を一瞬でイメージできる。詳細に思い出していくには46年間分の時間が必要だけど、なんとなくイメージするだけなら一瞬だ。

一方で、地球が誕生して46億年だとするなら、俺の46年間なんてまさに一瞬なわけで。さらに、宇宙のビッグバンと比べれば地球の46億年もまた一瞬。つまり、すべての一瞬は、絶対的なものじゃなくて相対的なものであるわけで、だからこそ、アインシュタインの例のあれも「相対性理論」となる。

一瞬のつながりが時代となり歴史となって、個人レベルでは思い出となる。

高校時代、クラスメイトの誰とも口をきかなかった俺は、休み時間の5分間が本当に長く感じられて苦痛だった。

それは、一瞬なようで永遠の5分間。

だけど、その終わりを想像することもできた。高校生活は3年間。永遠にこの苦しい時間が続くわけじゃない、この3年間が絶対的なものじゃない、と。つまり、時間が相対的であるなら、視点をどこに置くかの想像力がすごく重要になるってことだ。

たとえば、俺と田中が大喧嘩したとする。

その時点では1週間で仲直りできるのか、1ヵ月かかるのか、最悪の場合は解散となるのかはわからない。こういう時、ふつうの視点の置き方なら、ちょっと先の未来を想像するものだろう。だから「明日、田中と会った時、どんな顔すりゃいいんだよ」と想像して絶望的な気分になってしまう。でも、その視点をできるだけ先延ばしにしていって「明日はそうかもしれないけど、その次の日はお互い冷静になれてるかもしれない。ってことは3日後にはもっと冷静になれてるかもしれない」って、実際にそうなるかは別にしても想像することはできるわけでね。

高校生だった俺は永遠の5分間が本当に苦痛だったけど、3年後を想像することで、精神的なひきこもりから脱することができた。

ちょっと先の未来をどれだけ先延ばしにしてイメージすることができるか。

こういった想像力は、今まさにティータイムから抜け出したいと願っている人が、自分を救うことができるかどうかの、ものすごく大きなポイントだと思う。


時間にまつわる映画で俺が一番好きな作品が、チャップリンの『ライムライト』だ。

この映画のなかでチャップリンが口にする「時は偉大なる作家である」というセリフが素晴らしいんだけど、俺の記憶には、そのセリフと淀川長治さんが語ってくれたチャップリンとのエピソードが結びついている。

淀川さんは、若い頃からチャップリンの大ファンだった。

新人記者時代。チャップリンが来日するというので、淀川さんは取材場所へと潜り込む。正式なオファーを経てのものじゃなかったのだと思う。それでも、実際にチャップリンと会えた淀川さんは、いたく感動する。

時間は流れ、無声映画からトーキーへ。

淀川さんがチャップリンと初めて会ってから、20年後ぐらいのことだった。

チャップリンがトーキーで『ライムライト』を撮影する。既に映画評論家としての地位を高めていた淀川さんは、その現場に正式な取材として訪れていた。スタジオの隅で、食い入るように撮影風景を見つめる淀川さん。すると、例のセリフが映画を彩ったのだ。

「時は偉大なる作家である」

チャップリンは、そのセリフに思い入れがあるのか、何度もテイクを重ねていく。その様子を見ているうちに、淀川さんは号泣したという。

淀川さんからすれば、大好きだったチャップリンが、今や白髪の老人になっている。トレードマークだった山高帽もかぶってはいない。しかも、映画の世界は無声からトーキーへと移っている。まさに、時間の流れを感じずにはいられないシチュエーション。しかも、例のセリフのテイクが何度も繰り返される。そりゃあ、淀川さんからしてみれば、映画のセリフが自分の人生とシンクロしないわけがなかっただろう。そして、何度目かの「時は偉大なる作家である」にチャップリンの「ＯＫ！」の声が飛ぶ。

時の流れは平等だから、淀川さん自身も年を重ねている。見た目もすっかり変わっていた。だから、チャップリンは自分のことなんて覚えていないだろうなぁと思っていると、チャップリンがつかつかと淀川さんに近づいてきたんだって。

チャップリンからすれば、スタジオの片隅で号泣している東洋人が気にかかったのかもしれない。そこで、淀川さんは、カタコトの英語で、若い頃に一度会っていること、「時は偉大なる作家である」という言葉にいろんな思いが合わさって泣いてしまったことを告げたらしい。するとチャップリンが淀川さんを抱きしめてこう言ったそうだ。

「覚えてるよ。あの時の坊やだろ?」

俺は大好きなのである。チャップリンと淀川さんを巡る、まさに「時は偉大なる作家である」という、このエピソードが。

スター のはなし

俺が思う「スターの条件」は、つまるところ許されるかどうかだ。

たとえば、ジェームス・ディーン。1955年、満24歳の年に、この世を去った彼は出演映画が3作しかない。にもかかわらず、マリリン・モンローと共に、ある時期のアメリカを象徴するスターだった。

ジェームス・ディーンの演技って、かなり変な芝居だ。ふつうに台詞をしゃべればいい場面でも、なぜかちょっと目が泳いでたり、動きがやけにゆっくりだったりする。名優マーロン・ブランドを真似してはいるんだろうけど、なんて言うか、猫みたいな動きなのね。

たとえば、遺作となった『ジャイアンツ』では、ある場面でオープンカーの後部座席にひとりで座っている。そこから、まずは運転席のほうに向かって右足を伸ばす。続けて、左足を上げて右足の上にクロスさせる。でも、その上げた左足を下ろす所作が「なんでそんなにゆっくりなんだよ！」とツッコミたくなるほどスローなわけ。ふつうの役者がそんなことをしたら「もっと速く動け！」と監督から怒られるはずだ。でも、ジェームス・ディーンだから許される。

しかも、その変な芝居が、逆にカッコイイっていうね。なんとも言えない、絶妙なゆっくりさ加減。俺、その場面を「カッコいいなぁ」と真似したくなって、かなり練習したから(笑)。だけどまぁ、これが真似できない。ちなみに、俺はジェームス・ディーンのタバコの吸い方も真似しようとしたんだけど、「無理っ!」つってあきらめた。ほりが深くて憂いのある瞳と、きれいな長い指じゃないとあの吸い方は似合わない。日本人には真似しようったってできない。つまり、許されない。

日本で言えば、松田優作も「許された男」だと思う。

映画『ブラック・レイン』でハリウッド進出を果たし、アメリカも認めた松田優作の魅力は、日本人離れした長身としなやかな肢体だった。その恵まれた外見に圧倒的な説得力があった上に、優作はカッコ悪いことをしてもカッコいいという魅力もあった。俺たちの世代が夢中になって毎週見ていた『探偵物語』は、その極みみたいなドラマで、ヤクザにすごまれて「すいませぇ〜ん」かなんか言ってあとずさりするくせに、その情けない姿までもがカッコよかったから。

言ってみりゃ、ブルース。

松田優作は、ステレオタイプのヒーローじゃなくて哀愁があった。

芝居の面でもちょっとしたアドリブを入れたり、変な間を入れたりして、見てるこっちからしたら「ん?」とひっかかるポイントがある。計算し尽くされた芝居とは違う、ストレンジな違和感があった。

ストレンジな違和感。

これは、俺の感覚的なものだから説明するのが難しいんだけど、たとえば、談志師匠の落語にもストレンジな違和感が含まれていると思う。ふつうにやりゃいいのにとも感じるんだけど、そこかしこに「ん?」という引っかかりが隠されている。しかも、その違和感が邪魔にならず、むしろ魅力的で、談志落語の世界観に奥行きを増す。

優作の芝居の場合、そのストレンジな違和感がたまらなくカッコよかった。『探偵物語』は、松田優作が脚本家や出演者を選んだりしていたから別にしても、出世作である『太陽にほえろ!』の時から好き勝手に演じていたらしいから、結局、松田優作だから許されたんだと思う。その証拠に、一時期、松田優作もどきがあふれたけど、「××だから許される」というポジションにまでは、誰もたどりつけやしなかった。

そういう意味じゃ、最近の日本で「××だから許される」という位置までのぼりつめているのは、木村拓哉だと思う。

正直に言って、芝居のうまさで言ったら、木村拓哉よりうまい人はいると思う。

でも、木村拓哉には、ジェームス・ディーンや松田優作にも通じる、ストレンジな違和感の魅力がある。たとえば、芝居。木村拓哉が誰かを見ながら台詞を言うシーンがあったとする。そんな時、木村拓哉は、わざと視線を外してから見つめ直して「お前さぁ」なんて言う。芝居の本質から言えば必要ないものではあるんだけど、その飾りがあるからこそ、何気ないやりとりまでおもしろくなる。踊りでもそう。ＳＭＡＰの踊りでの木村拓哉は、ちょっとだけ間をズラしたりして見ているこっちの視線を喜ばせる。

しかも、芝居でも踊りでも全体の流れを壊さずにストレンジな違和感を挟むところが「器用だなぁ」って思う。もちろん、ストレンジな違和感でいえば、ジェームス・ディーンや松田優作のほうが圧倒的なんだけど、逆に、あそこまでやっちゃうと「木村拓哉にはなれない」とも言える。

マニアックには振り切らず、でも、ストレンジな違和感があるのに大衆から支持されるという絶妙なさじ加減。その点こそが、木村拓哉だけが手に入れた、そして木村拓哉だから許される魅力だと思う。

じゃあ、俺自身は許されたなにかがあるのかと考えると、発言とかに関しては少しはあると思う。たとえばアイドルが口にしたら仕事を失ってしまうような発言も、ある程度は「太田だからしょうがねぇか」みたいにはなってきたというか。それでも許されない発言もまだまだ多くて、事務所に迷惑をかけてしまうけど(苦笑)。

木村拓哉と俺は「たっくん」「ピーちゃん」と呼びあう間柄だ。

といっても、番組で共演した時に「俺のことはピーちゃんと呼んでくれ。俺はたっくんって呼ぶから」とギャグで言ってみたら、本当にそうなっちゃったっていうね(笑)。メールアドレスを交換したのも最近だし、プライベートで食事に行ったこともない。まぁ俺の場合、芸能人と食事に行くこと自体がほとんどないんだけど、メールにしても、俺がたまに送るそれはくだらない内容だからね。それでも返事が来る時はまだいいんだけど、この間なんかは、田中を介しての伝言だった。

ある時、俺がメールを送ったと。そのメールを送ったことすら忘れた頃、田中がたまたま仕事現場で木村拓哉と会う。で、その翌日、田中が俺に言ったわけ。「木村くんが言ってたよ。〝ピーちゃんに伝えといて。あんまりくだんないメール送んないでよ〟って」。

ま、「たっくん」「ピーちゃん」は、そんな関係なのです(笑)。

俺が「たっくん」のことをうらやましいと思うのは、その影響力だ。

一時期、木村拓哉の髪型や着るものは、なんでも流行るみたいな風潮があったでしょ？　それに比べて俺は……やってることが違うんだから比べる必要もないんだけど……、ギャグのひとつも定着してないっていうね(苦笑)。そういう意味じゃ、流行を発信してきた木村拓哉がうらやましいし、影響力の薄い自分が切なくなる。

本人の魅力はもちろんだとして、ＳＭＡＰというグループの存在も、木村拓哉の魅力を倍増させていると思う。ＳＭＡＰが登場するまで、アイドルといえば賞味期限が短いというイメージもあったから、ＳＭＡＰと木村拓哉がいまだにトップに君臨しているのは、やっぱりすげぇなって思う。

俺たちも20年以上、爆笑問題を続けてはいる。でも、二度目の登場となった『情熱大陸』の取材で、心底ガッカリする出来事があった。同番組に初めて登場した12年前の映像を見させてもらったんだけど、自分たちでも驚くぐらい、まったく変わっていなかったから。ネタの作り方に関する発言も、俺たちふたりの佇まいも……。

12年という時間を重ねたのに、まるっきり進歩していないみたいで、このままじゃダメだと本気で思った。変わらなきゃって。ま、田中は死ぬまで変わらないと思うんだけど、それが許されている彼はある意味、スターです(笑)。

言葉のはなし

人の名前や、あまりにもふつうの言葉が出てこないことがある。

十年以上前、番組の収録かなにかで喋ってた時に「土」という単語が出なくて田中に「あれだよあれ?」って言ったんだけど、まさか田中も「土」が出てこないとは思わないで困っていた。最近はもっと悪化していて、しょっちゅうある。最近、どんな言葉を思い出せなかったのかを思い出せないぐらいよくある(笑)。

でも、そういうのは俺、全然気にしていない。伝えたいのはその先だから。たとえば、吉田という男の名前を忘れて田中と会話していたとして「なんだっけ、あいつ? この間結婚して子供が生まれた奴」「吉田?」「そう。その吉田が××してさ」の「××してさ」のほうが俺の伝えたいところだから。

要は、言葉を通して「伝える」「伝わるかどうか」が一番重要ってこと。

「言葉って、どうすりゃもっと伝わるんだろ?」

そんなことを考えているのが、俺にとっては一番長い時間なのかもしれない。

言葉に縛られているとさえ感じることもある。

たとえば、俺が書く文章は人よりも言葉数が多くて、なるべく情報を詰め込もうとする。いくつもの情報を文中にちりばめるんだけど、その手法だとどれかひとつしか伝わらなかったり、最悪の場合、どれも伝わらなかったりする。

ところが、言葉の引き算がある向田邦子さんの文章を読むと、「あぁ、すごいなぁ。言葉数が少ないほうが伝わるのかなぁ」と思ったり、逆に、村上春樹の小説を読むと「こんなに言葉の情報量が少ないのってどうなんだよ？」と感じたりする。

漫才の場合も、俺たちは言葉数が多いし、結成当初から言葉の細かい言い回しにまでこだわってきたコンビだと思うけど、漫才は、観客が笑ってくれりゃあ伝わったってことだから。ネタのやりとりを失敗したとしても、笑ってくれりゃあそれでＯＫっていうね。ただまぁ、厳密に俺らが狙った通りの意味が伝わって観客が笑っているかというとまた違うんだろうけど、そこまで考えだすとキリがない。

最近の若手芸人の言語センスは、みんなめちゃくちゃいいと思う。

たとえば、タカアンドトシとかサンドウィッチマンとかね。彼らの漫才を見ていると、「その場面ではそれしかない！」ってツッコミだったり、ボケだったりの言葉を選択しているのがすごい。

日本人の国民性と言葉数の多い少ないってどうなんだろうね？

俺は英語や外国語を知らないからなんとも言えないけど、アメリカの映画を見る限り、日本よりも圧倒的に言葉数が少ないと感じる。

その裏には、役者にセリフで感情を言わせる代わりに演技でそれを表現できているという側面がある。アメリカの一流俳優は、演技力が圧倒的に日本人よりも優れているから、結果として言葉数が減るのかもしれない。逆に、日本映画の多くは、感情も言葉ですべて表現したがる傾向があるから、演技面での表現力不足に陥るっていうジレンマがあるように思う。あと、言葉じゃなくて、音ね。アメリカ人って拒否を意味する感情を「ブーッ！」って音で表現したりするじゃない？ 音一発で感情がすぐに伝わる。あれは日本人にはない言葉数を減らす表現だとは思けど、じゃあそれが、豊かな表現方法かどうかはなんとも言えない。

文章でも漫才でも、言葉数の多い俺は、こんなことを堂々巡りしてよく考える。

「言葉と感情表現だったら、どちらがより伝わるのだろう？」

たとえば、ヘレン・ケラーが「ウォーター」という言葉を覚えたことで失った感情表現が、どれぐらいあるのだろうと考えるのだ。おそらく彼女は、言葉を得たことで自分の世界が広がっただろうけど、言葉にできない感情はウォーターを口にする前よりも、こぼれ落ちていったのではないかって。

高校時代の俺は、ノートに詩を書いていた。
たとえば、無力感や孤独感といった複雑な感情を抱いている時、ひとことでその感情を言葉にできないのはひどく心が重くなる。でも、嘘でもいいから「悲しい」と書く。本当の心の中にあるのはもっと複雑な思いで「悲しい」だけでは正確に表現できていないんだけど、とりあえず言葉として「悲しい」と書くことで気持ちが救われた。ヘレン・ケラーがウォーターという言葉を覚えてこぼれ落ちた感情があるっていうのと逆の作用で、「悲しい」と言葉にして書いてしまえば、複雑な他の感情は全部こぼれ落ちて「悲しい」に集約された。

ごまかしだったのかもしれない。でも、当時の俺は、今の自分の気持ち＝悲しいと納得ができた。そうすると、次は言葉数が増えていく。「こんな気持ちで悲しい。だから今、こんなことを思ってる」とかね。そうやって言葉数を増やしても、厳密には心の中の複雑な思いとは違うんだけど、「あ、こんなもんか」と思える浄化作用みたいなものが言葉にはあって、俺の言葉数が多いことの原点のひとつかもしれない。

そして、現在。自分が言われて嬉しい言葉は、やっぱり「おもしろい」とか「楽しかった」とかだ。あと、意外と嬉しいのは「見てると元気になります！」という言葉。逆に、傷つく言葉はいろいろあるけど、一時期、ネット上に書かれた「死ね」だの「殺す」だのは、かなり憂鬱な気分になった。

そこにあるのは、むき出しの悪意。

その当時感じたのは、「死ね」と「殺す」だったら、「殺す」のほうがまだましだってこと。「殺す」という言葉には殺す側の意思が含まれていて、それを書かれてる俺からすれば「お前が殺すのね?」と思えるけど、「死ね」って言葉は、相手はなにもせずにこっちが勝手に死ねってことで、そんな寂しい言葉はないと思った。しかもそれをネット上で誰だかわからない不特定多数の人間に書かれると、ものすごく世の中から突き放された感じがしたものだった。

その当時、「死ね」という言葉が本当にむき出しの悪意かどうかを、もう一度考え直してみたことがある。

ネット上に書かれた「太田死ね」という文字が並んでいるのを見て、それを書いた奴が四六時中、俺のことを「死ね」と思っているかというと、そんなわけはないよなと思い至る。俺からしてみれば「太田死ね」と書かれた言葉からしかそいつのキャラクターを想像する手がかりはないんだけど、よくよく考えたら、そいつ自身が傷つくことを言われたりもするだろうし、人間として悲しんだり喜んだりしているはずだろって。もし、実際に俺がそいつに会ったとしたら、四六時中「死ね」とむきだしの悪意を抱いている奴じゃないだろうと思えるようになったのだ。

そうやって、ネットに書き込まれた「死ね」という言葉を、自分が感じたほどの大きな憎しみではないと想像できたことで、今じゃ平気になれたけど、その心境になるまでには、けっこうな時間が必要だった。


一生考え続けるもの。

それが、俺にとっての言葉という存在だ。

向田さんの言葉の引き算に憧れはある。けれども、選び抜かれて洗練された言葉というのは強く伝わるけれど、ある意味でシャープすぎることもある。一方で、言葉というのは増やせば増やすほど情報量が増えてぼやけるけれど、その分、受け取る側がどうとでも取れるというメリットがある。だから結局は、タイプなのだろう。

ちなみに、俺が若い頃に見て、情報量が一番多くて、かつ、すげぇなぁと圧倒されたのは「夢の遊眠社」の芝居だった。言葉はもちろん、演者の動きが速くて、すさまじい情報量。「夢の遊眠社」を主宰していた野田秀樹さんとＮＨＫの番組で会えた時に、そのことを伝えたら、「あれは若い頃だからこそできたんですよ」とのことでした(笑)。

エンタメとアート のはなし

アートとエンタメの線引きというものが、俺にはない。

要はおもしろいか、おもしろくないかだろって思うからだ。じゃあ、おもしろいアートはなんだと聞かれたら、俺は「テレビ」だと答える。かなりの極論かもしれないけど、それぐらい俺にはふたつのジャンルに線引きがない。

まぁ、俺の感覚ではなく一般的な意味でも、俺は現代アートと呼ばれるものは、一切信用していない。よくわかんないオブジェをボンッと置いて「退廃」とタイトルを付ける。それのどこがおもしろいんだよって。アンディ・ウォーホルがシルクスクリーンでマリリン・モンローを何色かでみせようと、おもしろいとは思わないし「自分で描けよ!」とツッコミたくなる(笑)。

逆に、世間では「アート」とくくられているのかわからないけど、森山大道さんやアラーキー(荒木経惟)の写真集は大好きだ。森山さんの写真は単純にカッコイイし、アラーキーの写真はね、「こんなの誰でも撮れるだろ?」と思って、実際に自分が真似して撮ってみるといかにすごいかがわかるから。あと、梅佳代ちゃんの写真もおもしろい。彼女と初めて会ったのは、俺が談志師匠と『笑う超人』というDVDを作っていて、彼女が雑誌の撮影で来た時だった。俺は梅佳代ちゃんの写真が好きだったし、彼女が『男子』という写真集を出していたのを知っていたので、『男子』を撮ったから、今度は談志も撮るんだ?」とダジャレを言ったら、ものすごく恥ずかしがっていた(笑)。

写真と言えば、林家ペーの写真もめちゃくちゃいい。

ペーさんは、自分が撮った写真をアルバムにして送ってくれる時があるんだけど、あれだけ写真を撮り続けているのに、「なんで被写体が真ん中にこないんだよ?」ってもので、レベルとしては下手くそなんだと思う。でも、あの写真はペーさんでなきゃ撮れない味とオリジナリティがあって、俺は大好きだ。

で、エンタメとアートの話ね。

要はアートかエンタメかというジャンル分けはどうでもよくて、おもしろいかどうか。あるいは、カッコイイとかの感情を揺さぶるかどうか。

この手の話は『爆笑問題のニッポンの教養』で、東京藝術大学の宮田亮平学長と、いつも喧嘩になるテーマでもある。宮田さん自身はおもしろい人なんだけど「芸能と芸術は違う」「太田くんの考え方は、あくまでもテレビの人の意見だ」って言うわけ。たしかに、俺の秤は大衆だから、観客や視聴者が喜ぶかどうかしかないわけで、かつ、できるだけ多くの人に伝えられるメディアと言えば、テレビだから。とくにゴールデンタイム。そこで男も女も、子供も大人も、おじいちゃんもおばあちゃんも笑わせるのが一番すごいと思っている。

表現者は「ど真ん中」を目指すべきだ。

その考えに行きついたのは、非テレビの世界に片足を突っ込んでいた時期があるからだと思う。テレビに出られないことを逆手にとって「テレビじゃとてもじゃないけどできません」という過激な政治ネタや時事ネタをライブでやる。喜ぶ客がいる。すると不思議なことに「テレビなんかに日和るんじゃねぇよ」みたいな、内輪ムードができてくるのね。

爆笑問題は、漫才ブームや『オレたちひょうきん族』を見て「テレビっていいなぁ」と思ってこの世界に入ったはずなのに、「テレビじゃ見られない過激な社会派の漫才コンビだ」なんて狭い世界で評価されると、その期待にこたえようとさらに過激になっていった。「こっちはテレビタレントとは違うんだ！」なんて強がって、どんどん閉じていった。

そんな閉じた世界でマニアな客を笑わすのなんて実は簡単で、要は、過激なことを言えば笑うっていうね。幸い、俺たちは片足を突っ込んだだけで帰ってこれたけど、当時、散々耳にした「テレビに日和ってる」とか「大衆迎合的だ」とかの言葉って、俺に言わせりゃ全部言い訳だと思う。だって、自分たちがせっかく作ったネタなんだから、できるだけ多くの人に見せたいに決まっているからだ。

世間的な意味でのアートは、俺たちが片足を突っ込んでいた世界に近い気がする。藝大の学生たちと討論になった時に俺が言ったのは、「不安がないのか?」ということ。「クラシックをやってて客が来るのか?」「今どき、油絵なんて売れるのか?」と。すると、オルガン奏者の女の子がこんなことを答えたのね。

「私は不安です。オルガンが好きで演奏してるんですけど、誰が観に来てくれるんだろう。どうしたらいいんだろうって」

ところが教授たちは「そんなことを考えてはダメだ。芸術は流行歌とは違うんだ」みたいなことを言う。俺には、オルガン奏者の女の子の気持ちがすごくわかった。だってさ、世間の感覚からすると端っこのジャンルで、でも、これからその世界で表現していこうと決意している人たちが、その手の不安を抱くのは当たり前だし、だったらどうすりゃど真ん中に持っていけるのかを是が非でも考えるべきだから。

俺自身にも、「老若男女を問わず笑わせることなんてできるのか?」という疑問は常にある。でも、とにかく目指さなきゃ始まらないし、全方向を目指さなきゃ閉じてしまう。ある時期の爆笑問題がそうだったように。

もちろん、アートの世界はテレビほど極端に全方向を目指す必要はないだろうけど、

「誰に注目されればど真ん中に持っていけるのか？」は、今端っこに追いやられてるジャンルならば、考えなきゃダメだと思う。

　一方でアートには「普遍性」という素晴らしさがあるのも事実だ。

たとえば、ダ・ヴィンチね。仮に、来週から「モナ・リザ」が展覧会で見られるとなっても、「ま、行っとくか」ぐらいの感覚で、テレビほどの影響力はないだろう。でも、あの作品が誕生してからの時間軸で考えたら、時代も国境も全部越えちゃってるわけで、いったいどれだけの人が「モナ・リザ」を見たんだよとなると、テレビなんて圧倒的にかなわない。

　俺は、テレビをやりながらも、普遍的ななにかを残したいという思いがある。

ただ、その思いは、どっちが偉いってことではなくて、できればそのふたつが重なるものが作れたら一番いい。おそらく、ダ・ヴィンチが生きていた時代は、そのふたつが重なっていたはずだ。ダ・ヴィンチは絵画だけでなく、飛行機の設計や人体の研究などにも優れていたんだけど、じゃあ、彼の絵画や知識が誰に支持されていたかと言えば当時の大衆だったと思うし、その上で、ダ・ヴィンチは歴史を経ても色あせない普遍性を持っている。

　つまり、俺はアートを全否定しているわけじゃないんだけど、どうにも引っかかるのは「これぞアートでございます」的な、このジャンルを必要以上に持ち上げる風潮だ。たとえば、浄瑠璃だ、歌舞伎だっていっても、もともとは大衆芸能だったはずでしょ？　ところがある時点から、お茶の間から引いてしまう感覚が好きじゃない。

言い換えれば、使えなくなっちゃう感じ。

大陶芸家が作った茶碗が何百万円ですとなると、ふつうに考えたら使えるわけがない。でも、もともとの目的はお茶を飲む器だろって。極論を言うなら、紙コップの発明のほうが使えるし、アートじゃんって俺は思う。

だからこそ、エンタメと世間的には呼ばれるジャンルで普遍性を持ち続けているチャップリンは、すごいと思う。俺が中学生の頃、チャップリンの映画をいろんな名画座で見たんだけど、超満員だったから。笑いにはある種の連鎖反応もあるから、超満員で見る『街の灯』のボクシングのシーンなんて、映画館全体でドッカンドッカンとウケていて、俺もおかしくって仕方なかった。それこそ酸欠になるぐらい笑った。その経験からも、チャップリンが全盛期の頃、いかに大衆に支持されてど真ん中にいたかが想像できたし、おそらく今後も普遍性を持ち続けるだろう。ちなみに、俺が劇場で笑った映画は、チャップリンのほかには、黒澤明監督の『生きる』と森田芳光監督の『家族ゲーム』だけである。

嘘のはなし

今回のテーマで、まず思ったのが「俺は子どもの頃から嘘ばっかついてきたからなぁ」だった。エイプリルフールの意味がわからないぐらい、嘘が日常だった。

大人になった今思うのは、人を傷つけないための嘘はアリだということ。

誰かが自信を失っているとする。そんな時、俺自身も「こいつ才能ないな」と本心では感じていたとしても「いやいや大丈夫だろ」と嘘をついたりする。それは人間としてふつうの行為だと思うし、むしろ、全部本音を言ってしまうと人間関係はひどくいびつなものになってしまう。

それが顕著なカタチとなって現れるのが2ちゃんねるだ。誰かが誰かの文章に対して「死ね！」と感じたと。その感情は本音ではあるんだろうけど、日常生活ならば内に秘めているはずなのにネットの匿名性がブレーキを踏ませない。結果、2ちゃんねるには「死ね！」という本音が洪水のようにあふれてしまう。

でもね、人間なんて瞬間ごとの気分に左右されているわけで「死ね！」という感情も「一瞬の本音」にすぎない。つまり、なにが本音でなにが嘘かなんて自分自身でも完全には把握できないわけで、俺だって「今、この仕事はやりたくないなぁ」と思いながらも無理矢理にでもテンションをあげなきゃならない場合がある。でも、それが自分に対して嘘をついているかと言えばそうとは言い切れない。本当はミュージシャンになりたかったのに芸人の仕事をやっているのなら自分に対して嘘をついていると言えるけど、俺の場合は第一志望の職種につけているのだから。

じゃあ、表現における嘘ってどうなのだろう？

まず、映画の視聴者や本の読者として感じるのは、基本的に「ついちゃいけない嘘」は存在しないのではないかということ。もちろん、ドキュメントやノンフィクションの場合、嘘をついてはダメだとは思うけど、嘘と事実の見極めって、実は本当に難しい。たとえば尖閣諸島の問題にしても、中国と日本の言い分は違うわけで、冷静に考えればどちらかが嘘をついていることになる。逆に言えば、領土問題を含む歴史上の嘘、つまり、歴史の改ざんはやらざるを得なかったのが人類の歩みではないかと俺は感じている。

領土問題などの難しい話じゃなくても、ノンフィクションにおける嘘も書き手の主観が入る以上、存在すると思う。

嘘と言ってしまうと語弊があると思うけど、トルーマン・カポーティの『冷血』は、その一例だろう。

1959年、カンザス州で一家惨殺という凄惨な事件が起きる。カポーティは徹底的に取材を重ね、その取材は加害者であるペリー・スミスにも及んだ。

その際、メモぐらいはとったのかもしれないけど、カポーティは録音機材を使わずに、ペリー・スミスとの対面で自分が感じた衝撃を『冷血』で描こうとした。だから、カポーティは同作品をノンフィクションとは謳わずに「ノンフィクション・ノベル」と名付けている。あくまでも、本作は小説であるとしたわけだ。

ということは、想像で書いている部分があるってことなんだけど、作者の想像が含まれているからこそ『冷血』にはリアリティが宿っている。

事実からは遠ざかったとしても、真実には近づける場合があるということ。

書物ではなく絵画でもそうで、1937年のスペイン内戦の悲惨さを描いたピカソの「ゲルニカ」も、写実的ではなく抽象的に描いているからこそ、見る者の心を打つ。

じゃあ、フィクションの分野での嘘とリアリティの関係で言うなら、俺が見る側として興ざめするのは、作者が創ったはずの登場人物にあまりにも愛情がない場合だ。たとえば悪人が登場するとして、そいつがあまりにもバカだと興ざめしてしまう。

もちろん、『水戸黄門』などの勧善懲悪ものならば、それがお約束事なわけで許せるんだけど、俺の好みで言えば悪人もバカじゃない奴らが登場するエンタテインメント作品に魅力を感じる。

たとえば、黒澤明の『隠し砦の三悪人』では、黒澤明と脚本家チームが「主人公たちがどうやって逆境を切り抜けるか？」を徹底的にシミュレーションしたという。なぜ、そんなシミュレーションが必要だったかと言えば、主人公と敵対する側もそこまでバカなわけがないという前提があったのだと思う。

誰かが、あるアイディアを思いつく。すると、黒澤組の面々は「いやいや、それは都合がよすぎるだろ？」と頭を悩ませた。逆に言えば、そこで頭を使うことが作品をおもしろくさせるか否かの分岐点だったのだろう。その部分のリアリティに徹頭徹尾こだわった黒澤作品は、圧倒的なエンタテインメントでありながら、作者にとっての都合のいい嘘がなく、本当にすごい。

橋爪功という役者がいる。

俺は橋爪さんの芝居が大好きなんだけど、あの人ってセリフを言っている途中でふと頭のうしろを掻いたりする。そういうのが小芝居になって鼻につく役者も多いんだけど、橋爪さんの場合はリアリティが宿っている。実際、ふだんの人間って、しゃべりながらも鼻を触ったり首をひねったり、なにかしらの動作を伴っているものじゃない？ リアリティのある演技プランの引き出しが多いというか、実在する人物ではないある種の嘘＝虚構上の人物を演じるからこそ、その手のリアリティは見ていて気持ちがいい。

小説という分野で言うなら、現在を代表するミステリー作家には「気持ちのいい嘘」をつける才能ある小説家が多いと思う。たとえば黒川博行の『疫病神』は、ヤクザとそいつに振り回される男ふたりが主人公なんだけど、ゼネコンの闇を徹底的にリサーチした上で男同士の奇妙な関係性を描いたリアリティがある。ちなみに俺は、そのコンビが登場する『国境』が同シリーズ最高傑作だと思う。

俺が表現する場合にも、リアリティのある嘘をつきたいものだと考えている。

小説を書く場合はもちろんだし、実は、漫才でも演技のリアリティってかなり重要だから。そう言えば、最近、漫才における演技のリアリティの重要性を再確認させられる出来事があった。

俺は、たとえ事務所の後輩だろうが笑いに関するアドバイスやダメ出しを一切したことがない。なにがおもしろいかなんて人それぞれで、第三者が助言できるわけがないと思っているからだ。でも、ある時、5番6番というコンビが「次のタイタンライブで結果を出せなかったら解散します」と言ってきた。解散するかもしれないならいいかと思って、俺は彼らのネタ作りに付き合った。

1回4時間、計3日間。

5番6番は10年以上のキャリアがあるんだけど、「ここまでできないのかよ！」と少々驚いた。たとえば、橋田壽賀子のドラマをパロディにするパートがあった。そのギャグ自体は漫才として成立しているんだけど、とにかく演技力が伴っていない。石坂浩二のナレーションで「それではお楽しみに」と言う場面があるんだけど、まったく石坂さんらしく演じられていない。

石坂さんはＮＨＫの番組などでナレーションを担当していたほどの人だから、微濁音も完璧でナレーションがとにかくうまい。だったら、それをパロディにするのなら視聴者に向けてセリフを投げかけるはずだとアドバイスをしたんだけど、何回やっても視聴者に向かわずに自分たち側にこぼれ落ちてしまう。じゃあ、違う言い方をしようと思って、「それではお楽しみに」の「お」のあたりから「い」の口で言ってみろとアドバイスした。つまり、石坂さんが視聴者に向かって投げかけるということは笑顔になるはずで、「お」から「い」の口にすれば笑顔っぽくなるだろうっていうね。

でもダメだった。

その後、5番6番は解散した。

テンションのはなし

ハイテンションが売りの芸人は大好きだ。

たとえば江頭2：50。本当は気が小さくて繊細な人間だと思うんだけど、いざ本番となると「この場の笑いを一番取ってやる！」という芸風に共感を覚える。江頭2：50って、本番ではあんな感じなのに、収録後になると「すいません！　すいません！」と共演者やスタッフに謝っている現場を何度も見てきたからね(笑)。まぁ、芸人だったら誰しもその場で一番の笑いを取りたいはずだとは思うんだけど、俺はその気持ちがとくに強いほうなんじゃないかなぁ。

ある時、『雑学王』というクイズバラエティ番組を生放送で1時間やろうということになった。ふだんは収録したものを編集して放送していて、10問前後のクイズが出題されていた。ところが、生放送となった途端、俺のテンションが暴走して、オープニングの出演者紹介だけで30分ぐらいの時間を使ってしまう。

結局、出題したクイズは2問か3問。驚くほど多くの苦情が寄せられたらしいけど、俺自身はテンションを振り切ったことに反省などしない。いわゆる、空気が読めないってことだと思うんだけど、それが自分の持ち味だし、出たがりの素人の延長線上でテレビの仕事はしているんだから「ま、しょうがねぇか」と。

ただ、この間、（品川庄司）品川としゃべっていて気づかされたのは、俺には本当に計算がないんだなぁということ。

品川が「たとえば〝太田総理〟とかで、なんで笑いのことを忘れて熱く政治のことを語れるんですか？」と聞いてきた。実は、品川自身も熱くなるタイプだから、〝太田総理〟に出演したあとに笑いを忘れて熱く語ってしまったことに対して、めちゃくちゃ後悔するらしいのね。だから、「実は出演したくなかった(笑)」とまで言われたんだけど、俺にはまったくその感覚がない。

たとえば、自民党の石破（茂）さんの発言にムカついて、青筋立てて最大限のテンションで叫んでしまったことに対して、あとから反省することなど一度もなかったから。つまり、品川が言う「笑いを忘れて」というよりも、そもそもバラエティ番組としてのカタチを整えるといった発想が俺にはなく、逆に言えば、計算がないということ。もちろん、番組の初期段階で「芸人が政治について熱く語るのってどうなんだ？」と散々考えた末に「でも言いたい！」と、ある種の腹をくくっていたというのはあるけど、それにしても、「芸人とはかくあるべき」とか「これぞバラエティ」といった枠に囚われる感覚が俺にはない。

だから、テンションを上げまくったことを反省はしないんだけど、視聴者の反応で意外に思うことはある。たとえば、さっきの『雑学王』の苦情にしても「クイズ番組なのに、なぜ1時間で2、3問しか出題しないんだ?」という意見が大半だった。「つまんなかった」というクレームなら理解できるんだけど、クイズ番組の体を成していないことに怒りを覚える人が多かったわけ。

言ってみりゃ、既成概念。

俺が想像する以上に「クイズ番組はかくあるべき」という世間の人の既成概念が存在するんだなぁと意外だった。

でも、その手の反応には、もう慣れてしまったというのもある。

番組の司会をやれば「あんなのMCじゃない。自由すぎる」と言われ、〝太田総理〟をやれば「あんなの芸人じゃない」と言われ続けてきたから。『マボロシの鳥』を発表した時も、やっぱり、「あんなの小説じゃない。太田光が言いたいことを書いてるだけ」と評されたりもした。

ある表現に対して「コレはコレ」とする世間の既成概念。

もちろん、文章を書くという作業はある種の冷静さが求められるものだし、『マボロシの鳥』では、自分の言いたいことを奥に隠して物語として紡ぐという目標みたいなものがあったから、テンションは下げたぐらいの気持ちだった。ところが、「あんなの小説じゃない」と評されてしまう。

正直に言えば「またかよ！」と嫌気がさした。

でも、爆笑問題でデビューして以来初めての感覚なんだけど、賛否両論がついてまわるのは意外と幸せなことなんじゃないのかと感じている自分がいる。

たとえば、宇多田ヒカルが「人間活動」と言ったところで、おそらく彼女は宇多田ヒカルという名前から逃れることはできない。同じく、今後、俺が映画を撮ったとしても「太田光」という名前からは逃れられない。

名前が知られていることの呪縛。

そう言ってしまうとマイナスな語感があるけれど、今の俺はプラスに受け止められている。果たして自分の名前に縛られて世間から評価される人間が何人いるのだろう。もし、俺がそのうちのひとりになれているのなら、それは幸せなことじゃないかって。賛否両論あるのは、世間から無視されるよりも、よっぽどましなことだ。

もちろん酷評ばかりだったら、「幸せ」なんて言葉は絶対に口にすることができなかっただろう。小説の発売から数週間後ぐらいのタイミングで、いろんな反応が耳に入ってきたんだけど、小説家であり評論家でもある橋本治さんからは手紙をいただいた。便箋10枚にも及ぶその手紙には、次のような内容が綴られていた。

〈私はあくまで書く人間で、太田光はあくまで語る人間だ。『マボロシの鳥』は小説の勝利ではなく、太田光の勝利です〉

実は、橋本さんって、昭和が終わって以来、現代作家の小説を意図的に読まずにいたらしいのね。そんなことを知らなかった俺は、憧れの橋本治にも『マボロシの鳥』を読んでもらいたくて、手紙を添えて送っていて。だから橋本さんは「ある意味で、観念して読みました」とも書いていたんだけど、橋本さんの言葉で「こんなの小説じゃない。太田光が自分の言いたいことを言っただけ」という批判も浄化された気がした。ある意味、「言いたいことを言っただけ」とする酷評も、「語る人間」とする橋本さんの賛辞も同じ方角を指している。いくら自分では奥に隠したつもりでも、俺には言いたいことや語りたいことが多いんだなぁと再確認できたというか。

考えてみれば、自分が読者として司馬遼太郎を好きなのも、たとえば『竜馬がゆく』では「これは余談だが……」としつつ、司馬さんの言いたいことや「竜馬って、こんなにすごい男だったんだよ」と読者に伝えたいという熱みたいなものが溢れているからだ。もちろん、クールな文章でも好きな作品は多いけど、俺は、言いたいことが行間から溢れているような、〝テンションの高い文章〟が好きなんだと思う。

だから、「テンション」という言葉に対する俺の語感は「やる気」といったプラスのもの。でも、これが「モチベーション」という言葉になるとあまり好きじゃない。というか、この言葉が登場した頃は、ウザいとすら感じた。

テレビの打ち合わせで「ここのやりとりで〝エッジを効かせて〟」とかいう人が、たまにいるんだけど、その種のウザさと同じ匂いがしたっていうかね。アスリートを別にするなら、一般の人が、この言葉を使う状況って「こんな環境じゃ、モチベーションが上がらない」といった、マイナスな意味での言葉の使われ方でしょ？　いやいや、職種を問わず、今の日本で生きていくのって、そんなに甘いもんじゃねぇだろと。モチベーション＝勃たないって言ってるようなもんだろうって。たとえば、好きな彼女とエッチする時に「今日はちょっとモチベーションが上がらなくて」なんて言った日には「あなた、私のことが嫌いなのね」って彼女に嫌われるぞっていうね。

で、ここからは余談なのですが(笑)。

俺は素晴らしき表現者はセックスがうまいんだろうなぁと感じることが多い。

たとえば、立川談志。ある時、『芝浜』という噺が盛り上がってる場面で、客席の誰かの切り忘れた携帯電話が鳴る。師匠の性格を知っている観客が「立川談志は、このまま帰っちゃうんじゃないか?」と凍りつく。すると、師匠は咄嗟のアドリブで「あなた起きて。電話だよ」と続けたのだ。客席がドッと笑う。頃合いを見計らって師匠が言う。

「そんなに忙しいなら落語なんて見に来なきゃいいじゃねぇか」

再び凍りつく客席。ところが、立川談志は一度落ちたテンションを見事に盛り返し、そのネタを終え、観客の喝采を浴びていた。


その夜、立川談志は、自分だけでなく観客も同時にイカせていた。

第五章

人間

とは？

ダメじゃ
ダメですか？

天才のはなし

天才の話には興味がない。

野球のONを例にとって「長嶋茂雄は天才で王貞治は努力家だった」みたいなことを言う人がいるけど、俺は、ふたりとも天才だし努力もしていただろって思ってしまう。じゃあ、ONのどちらが好きだったかで言えば、完全に王さん。子どもの頃、『王貞治物語』を読んで、一本足打法を身につけるために畳がすり切れるほど素振りを繰り返したといった「努力」を知って、素直に感動したからね。

ライオンは獲物を狩るために一本足打法的な努力をしない。だからこそ、王さんの努力する姿っていうのは人間としての力だと思うし、王さんにしてみれば、「天才だから」ですべてを語られたら「冗談じゃねぇよ!」と反論したくなる部分が絶対にあると思う。

でもまぁ、天才のはなしね。ひとつ思うのは世間から天才と評される人間にも俺には「憧れる天才」と、「そうじゃない天才」がいるってことだ。

後者の天才の代表例がニーチェやゴッホ。

彼らの共通点は、人生の最後が幸福ではなく、むしろ破滅に向かっているところだ。

俺は破滅に向かう天才に対して、憧れる気持ちを抱けない。ニーチェは「神は死んだ」と言って発狂するし、ゴッホは自らの耳を削《そ》ぎ落とし最後は拳銃自殺をした。思想や芸術の分野での偉大な人っていうのはわかるし、天才だとも思うけど、最後がそれじゃあ奇人と呼ばれてもしょうがないだろっていうね。もしもすごいものを作るには、狂ったり不幸になったりしなければ無理なら「だったら俺はそうなれなくていいや」とさえ思う。

俺は、幸せを肯定しながらものを作り続けたい。

俺の憧れる天才で、幸せを肯定しながらもの作りを続けたのが向田邦子だ。

向田さんは51歳で亡くなってしまうけど、これは飛行機の墜落事故が原因であり、自殺などの死因とはわけが違う。

向田さんは、小説、エッセイ、脚本などの作品群を残しているけど、それらすべてが素晴らしい。ふだんの俺は、本を読み返すことがないんだけど、向田邦子生誕80周年を記念して毎月1冊ずつ刊行された『向田邦子全集』の解説を書くために、俺は改めて彼女の作品群を読み返した。2009年のことだ。

かなわねぇなぁ。全部がすごい。そう思った。

向田さんの私生活での恋愛は、決してふつうのものではなかったんだけど、それに対して言い訳することも弱音を吐くこともなく、全部を隠す。全部隠した上で、エッセイには人生が楽しくて仕方がないとさえ感じられる内容を綴ったりする。

そんな向田邦子の「芸の強さ」に俺は憧れる。

ただね、「書いてるもの全部がすごいってどういうことだよ！」と思って俺なりに分析をして気づいたのは、向田さんがテレビの脚本を書いていたのが大きいということ。

彼女ほどの人ならば、一般常識から離れてグワーッと高みに昇っていくこともできただろうに、テレビというメディアの仕事を続けたからこそ、大衆と同じ目線でい続けられたんじゃないかと思う。最終的に奇人と呼ばれる天才よりも、向田邦子という天才に憧れる理由がそこにある。

２００９年は太宰治生誕１００周年でもあった。

こちらも『人間失格ではない太宰治―爆笑問題太田光の11オシ』という書籍で解説を書かせてもらったので、久しぶりに読み返した。偶然にも、向田邦子と太宰治を同時期に読み返したことになる。

で、太宰治。

もうね、「青いなぁ！」と思った。それは、いい悪いじゃなく太宰治作品の特徴でもあって、要は、全部がひとりよがりなわけ。辛いだの なんだの全部が自分。もちろん、太宰も天才だけど、向田作品と読み比べた時に「なんて向田邦子はカッコイイんだろう！」というのが、正直な俺の感想だった。

じゃあ、俺はどうかって言ったら、太宰っぽいと思う。

たとえば、テレビの仕事で考えてみると、見る者すべてを納得させるための言い訳が多いよなぁと思う。視聴者からすれば、「そんなことより、おもしろい話を聞かせてくれよ！」って話だしね。それに比べて、向田邦子の「語らなさ加減」。彼女のすごさは、表現者でありながら、言葉を飲み込める点にある。飲み込める天才の書いた文章は、言葉としては綴られなかった行間にグッとくる。一方で、太宰治の天才性について思うことは、作品自体も素晴らしいけど、それ以上に生き方がクローズアップされているということ。

つまるところ、作家は書いたものがすべてだ。もっと言えば、誰が書いたかわからない「作者不詳の物語」であり、かつ、後世に残っているものこそ傑作だろう。

だから俺は落語が好きなんだと思う。

もちろん、圓朝が作った落語が後世に残ったりはしているけど、その多くは作者不詳の物語だ。にもかかわらず、その物語が語り部を変えながらも、時代を越えて現代に受け継がれ残っている。作り手の生き様がどうのではなく、噺自体が神輿のように担ぎ手を変えてリレーされているのは、やっぱりすごいことだと俺は思う。

記憶のはなし

俺は記憶力が、めちゃくちゃ悪い。

まずね、興味のないことは覚える気がまったくないから。

記憶力というよりも暗記力と呼ばれるものかもしれないけど、子どもの頃から漢字の書き取りテストなんて全然ダメだったし、日本地図上のどこになに県があるかなんて地理的なものもまったくダメ。今でも、長年一緒にレギュラー番組をやっているスタッフの名前を覚えていなかったりするから、彼らにガッカリされることもしょっちゅうある。

ただまぁ、自分が強く印象に残った記憶に関して言えば、鮮明に覚えているほうではある。自分の喜怒哀楽に強く結びついたような記憶は、忘れないタイプかもしれない。

たとえば、人生で一番笑ったのは、親父にくすぐられたことだ。

俺は、子どもの頃から親父とめったに口をきかなかったんだけど、小学校低学年の頃かなぁ。なぜか親父がくすぐり始めて、俺はゲラゲラゲラゲラ笑って。くすぐられる笑いって苦しかったりもするじゃない？　笑いすぎた俺は、あげくの果てに吐いちゃって、親父はドン引きしていたっていうね(笑)。

それにしても、なぜ俺は、父親と口をきかない子どもだったんだろう。まぁ、俺ら世代の男なんて、みんなそんなもんだとは思うけど、うちの父親は頑固親父タイプの怖い人ではなかったから、要は大人の男が怖かったんだと思う。

正月に親戚一同が集まるとする。

親父の実家は板橋区の下町だったんだけど、兄弟が多いから、ものすごい数の大人の男が集まる。大広間みたいなところに、それこそヤクザの会合みたいな感じで集まって、みんながぶわーっと酒を飲み始める。

うちの親戚には声のでかい連中が多くて、しかも酒が入ってるから「がはははは っ!」とか、ずっしりと響くような笑い声がとにかく苦手だった。うちの親父は末っ子で長男とは20歳ぐらい離れてたんだけど、俺からすりゃ、親父の長男である伯父は、おじいちゃんみたいな感覚があった。そのおじいちゃん的長男はヤクザの親分みたいな貫禄があって、白髪の五分刈りで着物着てガラガラ声で。その人が酔っぱらうと「光〜っ!」と大声で呼ばれたりするのが嫌で嫌でたまらなかった。一方、親父はなにしてるんだろうって見ると、宴会の席で一番はしゃいでいた(笑)。

じゃあ、大人たちの席にいないで、親戚の子どもたちと一緒にいりゃ良かったじゃんって話なんだけど、当時の俺は、なぜか従兄弟たちにも心を閉ざしていた。実際、親戚の子ども連中は、大人たちとは別の部屋でトランプや百人一首をしてたんだけど、そっちにいるほうがもっと気が進まなかったのだ。結果、「怖いなぁ」と思いながらも、宴会の開かれてる大広間、その一番端っこに黙って座っていた。

人生で一番悲しかった記憶は、子どもの頃に飼っていた犬が死んじゃった時のもの。ポコという名前の犬だったんだけど、ポコは俺が殺したようなものだ。殺したというか、ある時、俺が作っていた学校に提出しなきゃいけない凧の上にポコがションベンを漏らしちゃったのね。俺はしつけのためにポコをパコンと叩いた。で、その夜にコタツのなかに入ってたポコが痙攣し始めて、そのまま死んじゃったっていうね。あれは、本当に悲しい出来事だった。パコンと殴った記憶が鮮明な分、「僕がポコを殺しちゃったんだ」という思いが幼い俺にのしかかってきたものだ。たぶん、7歳か8歳の頃の記憶だと思う。

ただ、その時、悲しいと同時に「笑い」と「怒り」の感情を抱いたことも鮮明に覚えている。ポコが痙攣を始めた。おふくろがポコの体をさすって「がんばってポコ!」なんて懸命に呼びかける。その甲斐もなくポコが事切れる。

その瞬間、「あ、死んだ」って、おふくろが淡々とした口調でつぶやいたのね。その言い方が死の瞬間とは不似合いだったのがおかしくて、俺は思わず笑ってしまう。それと同時に、愛犬が死んでしまったというのに、「なに笑っててんだろ?」という自分に対する怒りがあったことも、その夜の記憶には焼き付いている。

映画や小説に触れる機会が増えていくにつれて、ポコが死んだ夜の複雑な感情も、ある意味でひどく人間らしい気持ちなのだと気づくようになる。

たとえば、『真夜中のカーボーイ』というアメリカン・ニューシネマの傑作。

この映画の主人公のひとりを演じるダスティン・ホフマンが、ひょんなことから仲間となったジョン・ボイトと一緒にニューヨークからフロリダを目指す。ニューヨークでの生活は裏稼業に手を染めても貧乏で、ひどいものだった。だから、ふたりにとって「夢の国」のように思えたフロリダを目指すんだけど、すでにダスティン・ホフマンは病魔に冒されている。

物語のラスト。ジョン・ボイトがアロハシャツだなんだと、フロリダっぽい服を買ってきて相棒を着替えさせようとするんだけど、なぜかダスティン・ホフマンが泣いてるわけ。ジョン・ボイトが「もうすぐ夢の国に着くっていうのになに泣いてやがんだ?」と聞く。

すると、ダスティン・ホフマンがこう答える。

「小便もらしちゃった」

それまで悲しい気持ちになっていた俺は（実際、このあとダスティン・ホフマン演じる男は死ぬ）、このセリフを聞いた瞬間に思わず笑ってしまった。

それでも、ポコが死んだ夜に「なに笑ってんだろ？」と思った怒りの感情などなく、なんて素晴らしい名場面なんだろうって感じたわけ。つまり、「人は究極に悲しいと笑ってしまう生き物だ」と。『真夜中のカーボーイ』のこの場面は、ものすごく悲しいのと同時に笑ってしまうという奇跡的な名場面だと思う。

映画で記憶に残る名場面と言えば、それはもう数え切れない。

同じくアメリカンニューシネマの『明日に向って撃て！』のラストシーン。

黒澤映画の『生きる』のブランコのシーン。

同じく黒澤作品『どですかでん』で、伴淳三郎が部下に無愛想な妻の文句を言われた瞬間「貴様！」と殴りかかる場面。

別の機会に同じ質問をされたら、違う映画の名シーンを答えられるほど、俺にとって素晴らしい映画の記憶は数多く存在する。

これが小説のなかの名場面となると、なかなか難しい。

小説の場合、名場面というよりも作品全体を通しての印象が記憶に残るからだ。

そんな俺は、10年ぐらい前から読書のあとに必ずやっている習慣がある。「読後の感想」と「お気に入りの箇所の抜き出し」という2つのファイルをわけて、日記のように書き綴ってきたのだ。ちなみに、読書以外のファイルもあって、アイディアや日々の生活で感じたことも書き残すようにしている。

で、小説で記憶に残る名場面ね。

難しいけど、どれかひとつと言われるなら『タイタンの妖女』のラストシーンは傑作中の傑作だと思う。

実は今、書店に並んでる新装版『タイタンの妖女』の解説を書いているのは俺なんだけど、その依頼をもらった時は、かなり舞い上がった。新装版では、和田誠さんが新たに表紙イラストを描き下ろして、翻訳家である浅倉久志さんも細かい訂正を入れるという。学生時代に夢中になったヴォネガットの文庫本は、和田さんのイラストと浅倉さんの翻訳をあわせたゴールデントリオの作品という印象があって、そんな人たちに混ざって解説を書けるだなんて夢のような仕事だった。

新装版には、浅倉さんのあとがきも寄せられているんだけど、文中に俺への謝辞が綴られているのも、なんて言うか、本望だった。いわく「テレビや雑誌などのメディアを通じてヴォネガットの読者層を大きく広げてくれた」と。浅倉さんとはぜひ一度お会いしたいと思っていたんだけど、その願いがかなうことは永遠になくなってしまった。浅倉さんが亡くなってしまわれたからだ。

でも、俺にとってのヴォネガット作品は浅倉さんの翻訳とセットだったことは、永遠に忘れることはない。

たとえば長嶋茂雄を評して「記録よりも記憶に残る男」などと言うことがあるけど、俺自身も記録よりも人々の記憶に残りたいと願っている。記録は塗り替えられてしまうかもしれないけど、記憶ならばいつまでも残る可能性があるのだから。

親父のはなし

親父のはなしと言えば、まずは田中だ。

あれは、爆笑問題の事務所「タイタン」を始めた頃だった。

ある日、田中から電話がかかってきて「風邪で声が出ないから休みたい」と相談される。どうやら、扁桃腺もはれてかなり大変そうだったんだけど、たまたま、その日が月に1回のライブの仕事だったのね。しかも、爆笑問題がトリ。そんな大切なライブは休めないから、なんとかして来てくれと言って俺は電話を切る。

そしたら、田中の親父さんから事務所に電話がかかってきて、こう言ったわけ。

「おたくの事務所はうちの息子を殺す気ですか?」

いやいや、「おたくの事務所」っていうか「お前の息子と俺の事務所だろ」って(笑)。

ずいぶんと過保護な人だなぁと思ったのを覚えている。

過保護だけじゃなく、信じられないぐらいダマされやすいのが、田中の親父さんだ。オレオレ詐欺なんて、世の中の誰よりも早く、まっ先に引っかかってたから。

あまりにも何度もダマされるから、さすがにマズイっていうので、お金のことは田中が管理するようになる。それ以降もいろいろあったんだけど、一番最近の話で言えば、ある日、「100万円貸してくれ」と田中が親父さんから頼まれたんだって。田中の親父さんは「人類生き残り研究会」というのをやっているんだけど、「これはマズイことになったぞ」とピンときた田中が親父さんの話を聞くと、その会で知り合った人にお金のことを頼まれたと言う。しょうがないから、親父さんにその人の連絡先を聞いて、田中が電話して断ろうとしたわけね。

「そもそも、あなたはどういった関係の仕事をされているんですか？」

「私は国に認められた者です」

「……は？」

そりゃ、田中も「は？」って言うよね(笑)。国に認められた者って大雑把すぎるだろって話だから。で、よくよく聞いてみると、その人は超能力で国を守っていると。やっぱりそっち系かよと思った田中は、こう言って断ったらしい。

「超能力をお持ちなら、100万円ぐらい自力でなんとかしてください」

そんなわけで、親父さんはダマされずにすんだんだけど、田中としては、なんでこんな簡単な詐欺に引っかかるのか意味がわからなかったんだろうね。親父さんに電話して「なんであんなものを信用したわけ？」と問いつめたらしい。

すると、親父さんがこう答えたんだって。

「……宇宙船の写真を見せてもらったから」

いやはやなんともな親父さんです(笑)。


で、俺自身の親父の話ね。

あれは、高校生最後の夏休みのことだった。

突然、親父が「ちょっと青森に行ってみないか?」と誘ってきたことがある。親父の知り合いがいるとかで、青森を目指した三泊四日の旅。

青森の夏といえば、ねぶた祭りが有名じゃない? 親父の知り合いも気をつかってくれてね。ねぶた祭りでは、子どもたちが化粧をして着物姿で練り歩くのを「ハネト」と呼ぶんだけど、観光客でも参加できるわけ。で、俺の分の着物を用意してくれていてハネトとして祭りに参加しなよなんて言ってくれて。でも俺は「嫌だ。恥ずかしい」って(笑)。

結局、親父とふたりでふつうの観光客として見物したんだけど、俺は、祭りが終わるまでずっと後悔をしていた。というのも、ねぶた祭りの山車《だし》はもちろん見事なんだけど、一番すごいのはハネトだから。文字通り跳ねるように踊り、それが集団となった時特有の迫力がすごくてね。俺は「傍観者って、つまんねぇんだな」と、ものすごく後悔した記憶がある。

なんて話をすると、当時の俺の暗い高校生活に気づいたうちの親父が心配して、旅に誘ったなどと深読みをする人がいるかもしれない。

でも、おそらく親父の真意はそういうノリじゃなくて、〈大学生になったら、こいつも実家に寄り付かなくなるだろうし、最後にふたりで旅行にでも行っとくか〉ぐらいの軽い感じだったと思う。そもそも、俺は高校生活について一切親父に相談したことがないし、親父のほうも息子の様子に関心があったとは思えない。

うちの親子関係は少しばかり変わっていて、常に一定の距離感があった。

思春期特有の反抗期が一切なかった代わりに、大人になってから男同士の会話をするようになったってわけでもない。なんで、そういう距離感があったのかと言えば、子どもの頃から親父はあんまり家にいるタイプじゃなかったし、家にいれば寝てばっかりだしで、要は、俺が親父に慣れなかったんだろう。

距離があるなんて言うと、俺が親父を嫌っているようだけど、むしろ逆だ。

若い頃の親父は、小説家を目指して太宰治に自分の作品を持ち込みに行ったり、映画監督を目指したり、落語家に弟子入りしたりして、表現に興味があったらしい。

そのせいか、とにかく話す内容がおもしろかった。たとえば、落語や小説や美術の話など、親父の表現に対する造詣の深さや会話のおもしろさは、今の俺の仕事にもかなり影響を与えていると思う。

ただね、親戚の集まりで常に話題の中心にいるような社交的な親父に対して、俺はと言えば子どもの頃からとびっきりの引っ込み思案。親戚からは「全然似てないわね」なんて、よく言われたものだ。しかも、親父はめちゃめちゃ頭が良くて学校の成績も常に優秀だった。ところが、俺の学校の成績なんて5段階評価の1や2ばっかりだったから「お父さんは、甲乙丙の甲ばっかりだったのにねぇ」なんて言われる始末。

10年ぐらい前のことだ。

たまたま、実家に戻った時に、親父から1冊の小冊子を手渡された。

その小冊子には、親父の人生になにがあったかが綴られていたらしいんだけど、その時はとくに気にもとめず読みもしなかったわけ。

でも、最近ふと思い出して読んでみたら、まぁ、いろんな経験をしてきた人だなぁって。親父が生まれたのは昭和3年。戦争の時は、とにかく学徒出陣が嫌で徴兵を逃れることしか考えていなかったらしい。その頃、農業を営んでいる人は兵役を免れるという噂を聞いて、親父はその道になんの興味もなかったのに東京農工大を目指す。でも、実際に農家になるわけでもなく、親父の兄貴が布団屋を始めたのに影響を受けたのか、いろんな商売を試したらしい。結局、これまた別に興味があったわけじゃないのに、なにかしらのツテから建築家になる。最終的には、自分の会社を東京の青山に構えるほどになったんだから、すごいっちゃすごいけど、息子からすると、いい加減な人生だなぁと思う(笑)。

2011年の正月、親父が脳卒中で倒れて入院した。

今まで親不孝をしてきた代わりにじゃないけど、俺は、なるべく病院に通うようにしている。でもね、親父は82歳で、もうかなりボケちゃってるから、会話らしい会話はほとんど成立しない。入院したからといって近づくわけでもない、相変わらずの俺と親父の距離感……。

ただ、こうやって「親父のはなし」をしていて思うのは、昭和3年生まれにしては、頑固親父でも怖い父親でもなかったなぁということ。俺が勝手に大学を辞めた時と、勝手に入籍をした時の2回しか怒られた記憶がない。学徒出陣の件にしても、「まわりのみんなは勇ましく出陣していくんだけど、俺はとにかく怖くてさぁ」なんて、まったく強がらずに本音を喋っていた親父。

そう言えば、俺が一番印象に残っている親父との思い出も、その手のものだ。

親子3人で家族旅行に行った時のこと。車好きな親父の運転でよく出かけてたんだけど、ある時、山道を走っていたら2台の車が道をふさぐように停車していた。こっちは追い抜くこともできず停車するしかなかったんだけど、そのうち2台の運転手たちがケンカを始める。もうね、ボコボコの殴りあい。で、なんとかおさまって走り出したあとで、親父が「怖かったなぁ」つって(笑)。それを聞いたお袋は「あんた情けないわねぇ」なんて言いながら助手席でゲラゲラ笑っていて、親父は悪びれることもなく「いやぁ、ブルブル震えちゃったよ」と笑っていた。子ども心に、変に強がったりしない親父をカッコイイなぁと感じていた。

今の俺の仕事に直結しているかどうかはわからないけど、そういう感覚は似ているかもしれない。

そんな俺の親父・太田三郎による爆笑問題・田中評は「気がつくと、ふつうのことばっかり喋ってるな」だったりします(笑)。

落語と立川談志のはなし

俺は小学生の頃からの落語好きなんだけど、今の仕事に影響を受けているのってどういう部分なんだろう。

直接的な例で言えば、〝太田総理〟は古典の『大工調べ』みたいな感じのバラエティ番組にしたいとは考えた。長屋に住む大工が、悪徳大家に「店賃のカタだ」と大工道具を持っていかれてしまう。それを聞いた棟梁が「バカ野郎！　それじゃ商売になんねぇじゃねえか！」つって、大工に「こうやってこうやってこうしろ」と立て板に水のごとく啖呵《たんか》をきる。それを大岡越前が見事に裁いて大逆転劇のカタルシスがあるって噺なんだけど、要するに、〝太田総理〟では、楽しく喧嘩できたらなぁと考えた。

落語家の演技力のすさまじさにも、影響を受けていると思う。

実は、落語家の演技って図抜けているから。とくに名人と呼ばれる落語家は、ＣＤの音だけで聞いていても演技力がすさまじい。俳優の世界で、橋爪功さんクラスの役者は滅多にいないけど、名人と呼ばれる落語家を追いかけていけば、見事な演者がゴロゴロいる。落語家は、ひとりで何役も演じるわけで、そういう意味で、間、表情、声の出し方なんかは、自然と影響を受けてきたかもしれない。

これは余談だけど、ロバート・デ・ニーロって芝居がうまいじゃない？　でも、うますぎて他の共演者と混ざると浮く時があるから、俺は、デ・ニーロって落語家向きじゃねぇかなって思う。

で、談志師匠ね。

子ども心に抱いていた師匠の印象は「怖い」「なんか他の人とは違う」だった。

その後、漫才ブームの頃、たけしさんがオールナイトニッポンで「立川談志」と口にしているのを聞いて「やっぱりすごい人なんだ」と気になってはいたんだけど、ちゃんと師匠の落語を聴いたことがなかった。

この仕事を始めた頃かなぁ。実際に師匠と会う前の時期だったんだけど、うちのかみさんのいとこが、『立川談志ひとり会』の受付をたまたまやっていて、有楽町の会場に入れてもらえる機会に恵まれる。

その時に見た『鼠穴』という古典落語が衝撃的だった。

『鼠穴』は、いわゆる人情噺と呼ばれるもので、落語を聴いたことのない人からすれば「お涙頂戴の物語ね」みたいな感覚だと思うんだけど、師匠のそれからは、人間の怖さを感じたのだ。古典落語は演じる落語家の解釈によってまったく違うものになる。立川談志の『鼠穴』は本当に残酷な話で、だからこそ泣けるものだった。

言ってみりゃ、リアリティ。

人間には残酷な面がある。というか、ほぼ残酷であるということ。

それを「いかにもいい話」とはせずに、むしろもっとエグく描いていた。

もちろん、落語にはいろんな魅力があって、単純に爆笑できる噺や、ナンセンスでぶっとんだ内容もある。そういう落語も俺は好きなんだけど、立川談志のすごみは、徹底的に人間を描くリアリティにあると思う。

その後、師匠にかわいがってもらえるようになり、うちの事務所が主催しているタイタンライブにスペシャルゲストとして出演してもらえた時は本気で嬉しかった。

「で、俺になにをやれっていうんだい？」

そう聞いてくれた師匠に、俺がリクエストしたのは、もちろん『鼠穴』だった。

2007年、俺は『笑う超人』というDVDで、立川談志の落語を演出することになる。師匠にリクエストした落語は、『黄金餅』と『らくだ』の二席。

とはいえ、師匠の落語そのものを演出するなんて、できるはずもない。

しかも、立川談志は、自身の落語の映像化にもこだわってきた人物でもある。それらの映像作品は、舞台中央と上手と下手の3台のカメラで撮影し、師匠の目線に合わせて編集されていた。そこで、俺は7台のカメラを使ってとにかくガンガンまわして、映画的な編集をしようと考えた。視線が外れていようが俺なりに感じた「ここを観てくれ！」という立川談志のすごみを映像で残したかったのだ。

当日は、狭い撮影スタジオだったせいか、ものすごく暑くなっちゃったんだけど、立川談志の顔をしたたる汗の一粒までもがドラマチックだった。

このＤＶＤには、師匠と俺の対談も収録されている。

当初は、特典映像にしようかなと考えていた。ただ、たとえば『黄金餅』というネタは、死体泥棒が主人公なわけね。死期を悟った男が貯め込んだ金を餅に包んで食べてしまう。こいつはお金を持ってるくせに「もったいない」って医者にかかろうともしないケチな奴なんだけど、結局死んでしまう。それを見てしまった近所の男がどうやってその金を手に入れるか思案して、焼き場で死体を漁《あさ》るわけ。なのに、オチでは、その金で店を開いて大繁盛しましたとなる。

落語を知らない人からしたら「なにそれ？」って噺だと思うのね。教訓もなにもない。でも、『黄金餅』には、師匠いわくの「業の肯定」が描かれている。

落語には「枕」といって、本ネタに入る前の導入部分があるんだけど、俺は枕の代わりに師匠との対談を導入した。師匠自身に解説をしてもらうことで落語初心者の人が「なにそれ？」で終わらせないようにしたかったのが一点。もうひとつの狙いは、そのトークのあとで師匠の落語を観てもらうことで「ね？　だから立川談志ってすごいでしょ？」と伝えたかったからだった。

業の肯定。

これは俺なりの解釈なんだけど、「人間を赦《ゆる》す」ってことだと思う。

『黄金餅』のオチにしても、教訓はないけど、じゃあ、現実の世の中で真っ当な人が成功するかっていうと必ずしもそうじゃない。

人間は神ではないのだから、誰でもなにかしらの傷みたいなものはあるわけでね。「俺はズルく生きてるよなぁ」とか「倫理的には間違ってるよなぁ」とか、人には言えない感情を隠していたりする。ということは、『黄金餅』を観た観客のなかには、「真っ当に生きてる人間ばかりじゃないんだ。こいつも俺と同じじゃん！」とホッとする人もいるかもしれない。しかも、説教ではなく、笑いを交えて観客を喜ばせながら「人間なんてダメでもいいんですよ」と赦す魅力が立川談志の落語にはある。

ある時期、師匠とはラジオで共演させてもらっていた。

2週に1回の収録が楽しみで俺が先にスタジオで待っていると、師匠がやって来る。

「師匠、どうですか?」

「いやぁ……死にたい」

「そんなこと言わないでください」

もうね、毎週このやりとりから始まってた。

師匠が一番悩んでらした時期だったのだと思う。

でもね、毎年12月、師匠は『芝浜』という噺をやっていたんだけど、2007年のそれは今までで最高の出来だったという噂をあちこちから聞いてたから、悩みを解消されてなにかに到達したんだろうなぁと、俺は次に会う機会を楽しみにしていた。

そして、実際に会えた時の会話がこんな感じ。

「師匠、この間の『芝浜』、すごかったらしいですね」

「いや、たしかにすごかった」

「どうすごかったんですか?」

「登場人物が勝手に動き始めたんだ。『芝浜』やってたら急に。もう、俺にはどうすることもできなかった。あんな経験は生まれて初めてだ」

「ってことは、良かったってことですよね?」

「ミューズは俺になにをさせたいのか。……わけがわかんなくなった」

粋な言葉だなぁとは思ったけど、もうね、さすがに「そのレベルの話は俺にはついていけないです」って(笑)。

2010年に発売された『談志大全(上)DVD-BOX 立川談志 古典落語ライブ2001~2007』にはその『芝浜』も収録されていて、俺は解説を書かせてもらったんだけど、そこで「ミューズじゃないでしょう」という主旨のことを綴った。

師匠は、ミューズ=芸術の神が降りてきたと言う。

天下の立川談志に対して本当におこがましいとは思ったけど、俺らが談志教の信者だとするなら、神と呼べる存在は立川談志だけで、そのむこうにさらに神がいるとするなら、もう理解できない。たしかにDVDで見させてもらった2007年の『芝浜』はすごかった。でも、それを演じ切ったのは他ならぬ立川談志自身なんだってことを信じてないと、俺はこれから先も芸能を続けていく気になんてなれやしないのだ。

つまらない はなし

つまらないものの象徴。

俺にとってのそれは「学校の授業」だ。

最近、なぜ学校の授業がつまらなかったのかに気づかされる出来事があった。

NHK『爆笑問題のニッポンの教養』の特番収録でのこと。東京外国語大学の学生たちとディスカッションをしたんだけど、例によって俺は延々と自分の言いたいことをしゃべり続けたのね。そのあとで、学生からの質問に答える時間があって、ある学生が「延々としゃべり続けていましたが、まったく心に響きませんでした。いったいなにを僕らにわからせたかったんですか?」っつって(笑)。その時の俺は、「前提が違うんじゃないかな。俺はみんなに問いかけにきた。でも、君は俺に答えを求めている。前提が違う以上、話が噛み合うわけがないと思う」と答えたんだけど、どうも心に引っかかるものがあった。

そういう場合、俺は、もうちょっとうまい言い方があったんじゃないかなぁと、ずっと考え続けてしまう。

後日、ふと思い出したのが小林秀雄の言葉だった。

小林秀雄は戦前戦後を通じて日本を代表する評論家なんだけど、彼は学問とはなんぞやという命題に対して「対象と付き合うこと」と答えている。その具体例として、親子関係を挙げていて、親が子どもの隠し事を一発で見抜くのは、別に子どもを学術的に研究しているからじゃないと。子どもと長い時間を共にすごして〝付き合って〟いるから子どものことがわかるんだっていうね。実際、小林秀雄は古事記の解釈をした本居宣長の研究を30年ぐらい続けていた。じゃあ、なにをやったかと言えば、本居宣長の書物と古事記を延々と熟読黙考しただけ。

つまり、小林秀雄は本居宣長と古事記に付き合ったってわけ。

逆に言えば、答えなんて簡単に見つかるわけがないということ。

小林秀雄は「学問というものは、答えを隠してそれを探させるものじゃない」とも言ってるんだけど、学校の授業ってまさにそれをやっているわけじゃない？　テストのための授業をしているから答えを隠す。もちろん、それは授業を受ける学生側の取り組み方次第で問いを生むとは思うんだけど、学生だった頃の俺にその意識はなかった。だから、俺は学校の授業がつまらなかったと気づかされたってわけなんだけど、外語大学の学生にも、これぐらい詳しく話せれば良かったなぁと、ちょっと悔しかった。もっとも、俺自身が学生時代は気づけなかったんだから、その学生にも「問いを持って対象と付き合え」だなんて偉そうには言えないのだけれど。

現在の俺には、様々なことに好奇心があるから、問い続ける学問がつまらないわけがない。学問というほど大げさな話じゃなくても、本を読んでいて「この小説はつまんねぇぞ」と途中で感じても最後まで必ず読む。読み終えたあとで、その小説がいかにつまらなかったかを誰かにしゃべる時におもしろくできるようにだとか、つまらないで終わらないなにかを読書に見いだしているのだと思う。

インターネットの検索サイトで「つまらない人生」と打ち込むと60万件以上のヒット数があるという。

その話を聞いた時、俺は、みんなが「つまらない」という言葉の使い方を間違っているだけじゃないかなぁと感じてしまった。誰だって悩みたくないし苦しみたくもない。俺だって嫌だ。でも、苦悩することが「つまらない」か「おもしろい」かの二択を迫られるなら、俺は「おもしろい」と答えるだろう。

たとえば、リア充という言葉。

その言葉に代表されるように、現実の生活に充足を見いだしにくい人たちがけっこういるとは思うけど、じゃあ、リア充を地でいく人生を歩めているヤツが果たして何人いるんだよって俺は思うのね。テレビドラマなどで描かれる、誰からも好かれて、愛し合う恋人がいて、仕事も充実して……なんて幸福感が同時に満たされるなんて滅多にあることじゃない。自分の人生を振り返っても、そんなに充実した瞬間などめったになくて、もしあったとしても一瞬で過ぎ去っていく。

むしろ、人生なんてたいがいのことは苦しいもの。俺はだからこそおもしろいと感じるんだけど、「つまらない人生」とする人たちは、ありもしない理想像に振り回されてるだけなんじゃないのかなぁと思う。

子どもの頃から俺が不思議だったのは天国のイメージだ。

モクモクとした雲の上みたいなところで、みんなが緩い服を着て飲んだり食ったりして、傍《かたわ》らには美女がいてっていうね。たしかに平和そうでいいけど、「散々生きたあげく行き着く先があれでいいのか？」って俺はずっと疑問に感じていたのだ。しかも、あのゆるい感じが永遠に続くって……。なにも起こらず起伏のない平坦な天国のイメージは、俺にとってはつまらないと感じる存在でしかない。

人生は鉄板焼きのガーリックライスだと思う。

たまに鉄板焼きを食べに行くといつも感じるんだけど、ああいうところで食べるガーリックライスって、目の前で調理してくれるから、バターと醤油の香ばしい匂いがたまらなくうまそうだったりする。でも、いざ食べてみると、食前の「うまそう！」という想像力を一度も超えた試しがない。ガーリックライスは、食べる前の鉄板に乗っかっている瞬間のほうが絶対にうまい。

もしも、「つまらない人生」と嘆いている人が、人生は鉄板焼きのガーリックライスだと思えたなら。つまらないと感じること自体は間違っていなくて、その思いがなければ人間なんて向上できるわけがない。その上で、心のどこかで「ガーリックライスは食う前に想像したヤツのほうがうまい」「人生も似たようなもの」って分析も必要だと思う。現実はこんなもんだろってぃうね。

俺自身は、人生でつまんないと思う瞬間がまずないんだけど、田中を見ていると「つまんねぇ奴だなぁ」と常に感じてしまう。あいつは、一切の事柄に対して悩まない。一瞬落ち込んだとしても、次の瞬間にはケロッとしている。そんな人生のどこがおもしろいんだろうと、いつも不思議だ。

ただね、同時にうらやましく感じることも常にあって、「一切悩まない人生って、どんな感じなんだろう?」とも思う。

たとえば、冒頭の外語大学の学生とのやり取りだけじゃなく、俺は、バラエティ番組での自分の発言でも「もっと違うギャグがあったんじゃないか?」と、引きずってずっと考え続ける習慣がある。しかも、考え続けていると現場よりもおもしろいなにかが必ず浮かんでしまう。

でも、過ぎてしまった時間は取り戻せない。俺は自分の番組のオンエアーをほとんど見ないんだけど、たまに見てしまった時は最悪だったりする。オンエアーされている過去の自分よりも、今テレビを見ている俺のほうが進化しているから「なにつまんねぇこと言ってんだよ、俺！」と落ち込むっていうね(苦笑)。

常に考えてしまう俺は、今もコミュニケーションについて思いを巡らせ続けている。

2日間、入院している親父の病室に泊まった時のことだ。

ふと俺は親父に「俺だよ。太田光だよ」と声をかけてみた。すると親父は「太田光、太田三郎」と息子と自分の名前をオウム返しのように答えてくれて。調子に乗った俺は「ウォーター」なんて言葉を投げかけたりしてね(笑)。

その夜から考え続けているのは、親父の反応って果たして本当にオウム返しなのだろうかということ。

我々は、ふだんから会話でのコミュニケーションを取っているから言葉にとらわれてしまう。でも、親父は俺の音そのものに反応しているんじゃないか。懐かしい声なのか、自分自身と似ている声だからなのか。ボケてしまった親父からしてみれば、言葉の内容よりも、その音が聞こえているということ自体がかなりのインパクトがあるんじゃないかと俺は思ったわけ。だとするなら、一見、オウム返しのようなやりとりに思える会話にも意味があって、むしろ言葉よりも音での交信のほうが、深い意味でのコミュニケーションなんじゃないかって……。

昨夜の親父は、わりとハッキリした言葉も口にしていた。「さぁ寝ようかな」と、俺がベッドに入った瞬間、親父がボソボソとなにかを言う。

俺が「なに？」と聞き返したら、親父が「メリハリをつけなさい！」つって(笑)。俺は、なんで命令調なんだよと心の中でツッコんだけれど、おもしろい親父だなぁと思いつつ眠りについたのでした。

孤独と友達のはなし

たぶん、ズレがあるのだ。

俺が思う友達という言葉のニュアンスと世間が思うそれとは……。

たとえば、くりぃむしちゅーの上田のことを俺は友達だと思っているけど、仕事終わりで飯に行くことなんて年に数回程度だから。同じテレビ局でお互いが居合わせた時なんかは、「いる?」なんて言いながら上田が俺らの楽屋に来てくれて、くだらない話を散々する。しばらくして、それぞれの仕事が始まるってなると「じゃあ今度飯でも行こうよ」って別れておしまい。そういう関係性に対して「そんなの友達じゃないでしょ?」と世間が言うのなら、もうね、俺には返す言葉が見つからない(笑)。

で、孤独のはなしね。

この言葉の解釈も人によるだろうし誤解されがちだなと思うんだけど、別に俺は孤独が好きなわけじゃない。

だってさ、孤独って寂しいじゃない?

もちろん、俺の場合は、原稿を書いたり読書をしたりする時間が絶対的に必要なタイプではある。移動中に誰とも喋らずにふと夢想していることもある。いわゆるひとりの時間ってヤツね。でも、そのひとりの時間に生まれたなにかが、俺の場合は文章になったり、漫才になったり、テレビでの発言になったりするわけで、すべて仕事につながる可能性を秘めている。そういう時間を俺は寂しいとは思わないし、ましてや孤独という言葉がふさわしいとも感じない。

その上で、孤独についてまず思うのが、震災後のテレビでは「あなたはひとりじゃない」という言葉をよく見聞きするようになったけど、「ひとりじゃない」ことを実感するのって、実はものすごく難しいということ。繋がってることを実感するのはひどく難しいからこそ、人は繋がりを求めるとも言えるだろう。ということは、生きてる限り孤独から逃がれられないわけで、俺自身、好きじゃないと言いつつ「とは言っても逃げられないんだよな」と感じるのが孤独というものの正体だ。

だから、孤独を味わうのが嫌な人がいて、それを紛らわせる友達や知り合いがいるのなら、無理することは一切ないと思う。

友達がいなけりゃ、ネットで繋がったっていい。自分探しや、自分と向き合うという行為は、まず孤独を作ってから始めるものでもないはずでね。

たとえば、他者と会話している時なんて、いわゆる孤独な状態ではないと思う。相手の言葉に対して自分がどう感じるかを常に思考しているわけじゃない？　それは、他人と会話しながらも、自分と向き合っているということだから。

もうひとつ思うのは、たとえば「友達がいない。ひとりぼっちだ」といった物理的なそれだけじゃなくて、孤独には精神的なものも含まれるということ。自分の考えが共感されなかったり、俺で言えば、思いついたギャグで笑いが起きなかったりという精神的な意味での孤独感だ。

芸人の場合、キャリアを重ねるごとに、その手の共感されない孤独感が減ると想像する人もいるかもしれないけど、俺の場合はまったく減る気配がない。むしろ、孤独感が細分化していく感覚がある。

デビューしたての頃なんていうのは、多くの人の前で漫才をやれるだけで満足だった。で、ウケたりウケなかったりを繰り返した。それが最近じゃあ、たしかに昔よりは伝わる場合が多いんだけど、そうなると今度はこっちに欲が出てくる。「そこが伝わるんなら、こっちもわかってほしい」みたいな感じで、どんどんどんどん伝えたいことが増えて細分化していく。しかも、昔だったら、大筋が伝われば満足できていたのに、細かいところまで伝わらないと嫌だなと感じてしまう。

それは、表現者としての欲だ。

その欲は際限なく深くなっていくから、逆に孤独感も増していく。

おそらく、その孤独感から解放された人って、ひとりもいないんじゃないかなぁ。たとえば、談志師匠にしても、その芸が冴えれば冴えるほど逆に伝えづらいことになっているような気がするし、さぞかし孤独だろうなぁとも感じてしまう。

ただね、俺の場合は、そういう孤独を感じた時でも「ま、こんなもんか」とあきらめちゃう自分もいるから。正確に言うと、あきらめる自分と「いや、それは妥協じゃないか?」とダメ出しする自分が同時に存在する。10代の頃は後者の〝自分に厳しい自分〟が俺を追いつめたから、それを経ての今は、同時に存在するってわけだ。

で、友達の話ね。

俺が思う友達のなかで、談志師匠タイプのストイックな芸の向き合い方をしているのが、伊集院光だ。伊集院は落語家出身だから、よく落語の話をしたりするんだけど、細かいところの話まで共感してくれるから、あいつと話していると孤独を感じる暇もない。

伊集院は、ラジオ界ですぐにカリスマになった。

当時の伊集院は「謎のオペラ歌手」というわけのわかんない触れ込みで売り出されてたんだけど、爆笑問題とは、昔からラジオとかの仕事を曜日違いで担当することが多かった。とはいえ、当時は、お互いその存在は知っているぐらいのものだった。その後、『スパスパ人間学！』というテレビ番組で俺らが司会、伊集院がレギュラーのパネラーというのが本格的な初共演だったと思う。ちなみに、その番組のアシスタントが小島慶子で、彼女も今やラジオの世界でカリスマになっている。

ラジオの伊集院は本当にすごい。テレビでは見せない、毒舌全開の黒い伊集院はめちゃくちゃおもしろい。その上、ラジオの伊集院は絶対に妥協を許さない。

たとえば、ある時期からラジオで流した番組をポッドキャストで聞けるようにするのが一般的になったんだけど、ラジオとポッドキャストとの差別化みたいなものなんて、俺らはスタッフに全部任せちゃうわけね。ところが伊集院はなにからなにまで全部自分でやる。おそらく、自分が世に出るきっかけとなったメディアであるラジオへの思い入れがあるからだろうけど、一切の妥協をしない。だからこそ、ラジオの伊集院はバケモノ的な人気を誇っているんだと思う。

古い言葉で言うのなら、伊集院は平成のディスクジョッキーだ。

ただまぁ、そんな伊集院と俺が飯に行くのも、年に数回あるかないかぐらいなものっていうね(笑)。あいつは、自分の文章に関しても完璧主義者だから、ベストセラーになった『のはなし』シリーズに関して「ネタはいっぱいあるんだからもっと出せよ」なんてツッコんだ話もできるんだけど、世間からは伊集院との関係性も「友達じゃない」と言われちゃうのかもしれない。

以前、オリエンタルラジオのあっちゃん（中田敦彦）と劇団ひとりと俺の3人で飯を食いに行ったことがある。これがまぁ、しゃべりっ放しだった。『雑学王』の年間上位者ふたりに「俺がポケットマネーでおごります」と言った軽いボケから生まれた飯会だったんだけど、酒なんてほとんど飲まない劇団ひとりが「すいません！　ロマネ・コンティください！」なんて悪ノリを始める。俺が「こいつらそんないい酒出しても味わかんないから。一番安い赤玉パンチでも出しといて！」なんて言って、そんなやりとりを店のおばちゃんと延々繰り返してたっていう(笑)。これが、品川庄司の品川や古坂大魔王と一緒の場合だと、誰かの悪口で盛り上がるし、芸人同士のプライベートの時間も楽しいものだ。

ただね、俺の場合はとにかくめんどくさがり屋だから(笑)。酒を飲む習慣がないっていうのもあるんだろうけど、誰とどこでなにを食うとか決めるのがとにかくめんどさい。だったら、芸人同士の楽しい会話は仕事の現場ですりゃいいかって、爆笑問題が司会の番組では俺が悪ノリして収録時間が長くなってしまうのです。

ダメな人のはなし

芸人なんて「ダメな人」のふきだまりなわけだけど、俺が笑っちゃうぐらいダメなヤツだなぁと思うのは、BOOMERの伊勢（浩二）だ。伊勢という男は、本番に弱いし、ここぞってとこで必ず噛むし、なにより私生活がダメだ。

一時期、ボキャブラブームで人気があった頃はキャバクラに行ってもモテて遊びまくっていたらしい。でも、ブームが終わって人気が落ち目になった途端、一切モテなくなって。あいつはボキャブラブームの前にカミさんと別れているんだけど、何年たっても忘れられないんだって。で、よりを戻そうとしては断られ、落ち込んでパチンコに行っちゃ負け、さらに落ち込んでガード下の飲み屋でくだをまくっていうね(笑)。

そのガード下の飲み屋で一緒によく飲んでいるのがプリンプリンのタナショー（田中章）なんだけど、まぁ、こいつもダメ人間なわけね。タナショーも離婚経験者で、あいつには子どもがいるんだけど、その子に会いたいがために芸人を続けている男で、たまにテレビに出た時なんかは「どっかで子どもが見てくれてるかもしんない！」っつって張り切るらしい。でも結局、元の嫁さんに会わせてもらえず……(笑)。

そんなふたりがガード下で酒を酌み交わすって、どんだけダメな飲み会なんだよって。BOOMERもプリンプリンも若い頃からショーパブに出演しているんだけど、3年ぐらい前から、伊勢がそこでの思い出をブログに書き始めた。

あいつは絵がうまいから、ちょっとしたイラストも添えた内容で、実は俺、それを読むのが、毎回楽しみだったのね。「パチンコに行って負けたけど、カワイイ店員の女の子が缶コーヒーをくれたから、ま、いっかと嬉しくなった」みたいなどうでもいい話なんだけど、妙に味のある文章でそれがおもしろかったわけ。

ただ、そこは生粋のダメなヤツだから、気がつくと、その更新も滞りがちになってしまう。で、1年ぐらい前かなぁ。伊勢とはタイタンライブで毎回顔を合わせるから、なに気なくブログの話題をふってみた。

「伊勢さ、ブログ続けてんの?」

「あ、見てくれてんだ?」

「最近、全然更新されてないよね」

「いやぁ、誰が読んでんだかよくわかんないしさ」

「あれ、おもしろいから続けろよ。なんかしらの形になるように完結させたほうがいいと思うから」

「おう！　ありがとな！」

そんなやりとりがあったせいか、翌日は久しぶりに更新があったのね。俺は早く続きが読みたいなぁと次の日の更新を楽しみにしてたんだけど、翌日から一切更新されなくなってしまう。

こいつ、本当にダメなヤツだなぁと思ったんだけど、まぁ、乗りかかった船じゃない？だから、事務所の作家に今までの伊勢のブログをプリントアウトしてもらって、次のタイタンライブの時に渡したわけ。

そしたら、伊勢は異常に感激しちゃって翌日から更新が復活したんだけど、なぜか、少年時代の思い出を書き始めたっていう(笑)。俺が読みたかったのはショーパブ時代のダメ人間っぷりだったのに、なんでその続きを書かずに少年時代の話になっちゃうんだよって。

次のタイタンライブでそんな話をしたら「そっか！　わかった！」なんて、ショーパブ時代の話を書いてくれるようになったんだけど、しばらくするとまたしても更新が滞ってしまう。

「おい伊勢、またさぼってるだろ？」

「おぉ、ごめんなぁ」

そんなやりとりを何度かしてはいたんだけど、俺はしょうがねぇよなと思っていた。俺は伊勢の保護者じゃないし、あいつはそういう奴だろうと。

ところが、ある日のタイタンライブで、なぜかほかの出演者たちみんなが伊勢に対して怒り始めた。伊勢と同じくダメ人間のタナショーまでが「太田さんが印刷までしてくれたのになんでブログをやんないんすか！」と、ものすごい迫力で詰め寄っていた。

そしたら伊勢がポツリとこう言ったわけ。

「……めんどくさいんだよ」

俺は爆笑した。

「お前って本当にダメだな」って(笑)。愛すべきダメ人間だなと思った。

俺のまわりで、次なるダメ人間は田中だ。

ただね、これは何度も話していることだけど、あいつのダメさは主体性のなさだから。たとえば、爆笑問題に仕事がなかった時期、あいつは近所のコンビニでバイトをしていたんだけど、「店長にならないか？」なんて誘われてもいる。つまり、ふつうの日常生活を送る分には全然ダメじゃなくてむしろできる奴かもしれないんだけど、芸人の世界じゃダメというのかなぁ。

その時も嬉しそうに「店長にならないかって誘われちゃった」なんて言うから、「だからお前はダメなんだ！」と。爆笑問題としての意地はないのかと。よくなんの疑問も持たずに、そんな言葉を受け入れられたもんだなって。だから田中の場合は、人間としてのダメさではなくて、芸人としてのダメさだと思う。

たとえるなら、せっかくハリセンでツッコんでもらえたのに、それを避けちゃうようなダメさ加減。田中は、自分の恥部をさらけだすことを異常に嫌がるしね。じゃあ、主体性がないなりに伊勢のようなブログを書けと誰かが命令したとしても、田中は頑なに書かないと思う。あいつは、創作活動とは無縁な男だから。表現の無縁仏だから(笑)。

俺自身のダメさを考えると、そりゃあいっぱいあると思う。

礼儀知らず。慇懃無礼。悪口多し。

一般社会で生きていたなら完全にダメ人間だ。

でも、芸人としてはダメなのかって考えるとどうなんだろう。

伊勢、タナショー、田中と本当にダメな奴らの話をしてきたからかもしれないけど、俺はあんまりダメじゃない気がしてきてなんだか怖い(笑)。視聴率が取れないとか、思ったような評価を受けられないとか、パッとしない時はある。でも俺は「なぜダメだったのか?」をちゃんと考える分、あいつらよりはダメじゃないのかもしれない。本当に低レベルでの比較で、我ながらなに言ってんだろって話だけど(苦笑)。

いずれにせよ、芸人の世界がなにかしらのダメ人間の集まりであることは間違いない。

10年ぐらい前は「人間なんてダメでＯＫ」みたいなことを言っていたけど、今、より正確な言葉を口にするなら、「人間なんてダメでＯＫとは思っていないけど、生きていけないほどのことじゃない」という感じ。談志師匠の業の肯定じゃないけど、そこを否定しちゃったら、芸人というダメ人間の集まりは生きていけないから。

談志師匠と言えば、講談と落語の違いの解説も印象的だった。

師匠いわく、講談には主君の仇討ちのために命を賭して討ち入りを果たした四十七士のような立派な人たちが登場する。ところが、落語は討ち入りから逃げちゃったヤツに焦点を当てる。その逃げた行為をいいとも悪いとも言わず「こういうヤツもいましたよ」と語るのが落語である、と。

師匠の解説は、落語の魅力のひとつを見事に言い当ててくれていると思う。

映画というジャンルで考えても『真夜中のカーボーイ』やフェリーニの『道』など、ダメ人間が主人公の映画は魅力的な作品が多い。一方で、俺の場合はだけど、落語的な物語はもちろん、講談的英雄伝にも魅かれるものがある。講談そのものはともかく、『竜馬がゆく』をはじめとする司馬遼太郎の英雄伝が俺は大好きだからね。

実生活でもその感覚はあって、伊勢やタナショーのようなダメ人間も好きだけど、たとえば、石川遼や斎藤佑樹や水嶋ヒロといった、世間が品行方正とする好青年も俺はわりと好きだから。子どもの頃を振り返ってみても、品行方正の代表格だった王貞治が好きだったという思い出もある。

ただ、真面目で努力する天才と言われた王さんですら、現役時代にけっこう遊んでいたという噂もあるぐらいで、完全にダメな部分のない人間なんて存在するのかなぁとも思う。もしも、この世に完全なる品行方正人間が存在したとするなら、俺はきっと大ファンになるだろう。たぶんその思いは、俺自身がダメ人間なことの裏返しの感情じゃないかなと思う。

最後に、伊勢とタナショーのダメな話をもうひとつ紹介したい。

あのふたり、ガード下の飲み屋に行く金がない時は、近所の公園でワンカップを買って飲むらしいんだけど、ことによると××に××されて××しちゃうこともあるらしい。さすがに書いちゃダメな話は伏せ字にしてもらわなきゃ載せられないぐらい、もうね、本当にダメな奴ら。

でも俺は、あいつらのダメな話を聞くたびに、いつだって心から笑ってしまうのです。

取材後記

太田光のはなし

初めて太田さんに会ったのは、1997年のことだった。

「この曲、なんの映画のサントラでしたっけ?」

太田さんの第一声は質問だった。撮影スタジオに流れていたのは、映画『パリ、テキサス』の楽曲。今は休刊してしまった雑誌の取材で、爆笑問題が美談を疑うというテーマだった。取材を経ての太田さんの印象はシニカルで知的。以来、一冊の単行本とふたつの雑誌連載を担当させてもらうことになるが、その印象は変わることがなかった。

太田さんの印象が変わったのは、仕事以外での「すれ違い」でだった。

フジテレビだったと思う。別件の取材で同局を訪れた時のこと。バラエティの仕事終わりで、廊下を歩いていた爆笑問題のふたりとすれ違う。挨拶を交わすと、太田さんが足を止めて、ある出来事のその後を伝えてくれた。

「ハギ、助かったよ」

本書の「情報のはなし」でも登場した「無知死」という太田さんオリジナルの造語。

1999年、先述の単行本『カラス』(のちに『爆笑問題太田光自伝』として文庫化)の仕事で「無知死」なる言葉と共に、ハギワラさんの病状については聞いていた。今思えば、太田さんの「ハギ、助かったよ」は、アメリカでの臓器移植手術が成功した直後の言葉だったのだろう。短いセンテンスに太田さんの感情がこぼれ落ちていた。シニカルという言葉にはどこか冷たい印象が伴うけれど、優しい人だなぁと思わずにはいられなかった。以来、爆笑問題・太田光への個人的印象は「シニカルで知的で優しい人」となる。

いつの日か、仕事は終わる。単行本はともかく、3冊の雑誌はこの世から消えた。

だが、幸運なことに5度目のチャンスが訪れる。2009年、情報誌『ぴあ』の連載として「しごとのはなし」の取材を担当できることになったのだ。デビューから四半世紀近くが経過した今も、爆笑問題は2ヵ月に1度のタイタンライブで新作漫才を作り、舞台に立ち続ける希有なコンビである。タイタンライブはチケット発売後即ソールドアウトを記録する人気イベントだったから、チケットを求めるファンの声に応えて、タイタンライブはタイタンシネマライブとして全国TOHOシネマズにて生中継されるようになる。映画館で笑うという新しい経験。月に1度の取材と2ヵ月に1度のタイタンシネマライブは、仕事を超えた個人的な楽しみとなっていく。

とはいえ、ガッカリする出来事もあった。

『ぴあ』での連載3回目、取材前の雑談だったと思う。『カラス』の仕事の際、「いかに飽きないようにするか。それが今の課題」と語る太田さんの言葉に激しく影響された取材者は、ある種の至言として仕事と向き合うことを胸の内で誓っていた。職種を問わず、同じ仕事を続けていれば誰だって飽きる。だからこそ「いかに飽きないようにするか」と、仕事との向き合い方を模索することは、とても重要なのではないかと感じたからだった。で、ある夜の雑談である。この8年間、その至言のおかげで、いかに救われたことかと取材者のその後を太田さんに告げてみた。

「……俺、そんなこと言ったっけ?」

ガッカリした。おそらく、取材者人生のなかで一番ガッカリした言葉だと思う。

その後、「しごとのはなし」の取材現場では、「いかに飽きないようにするか」に類する言葉が太田さんの口からこぼれ落ちたから、あの雑談での返答は照れ隠しだったのかもしれない。となると、爆笑問題・太田光=「シニカルで知的で優しくてシャイな人」ということになるが、実は、この手のカテゴライズこそ、太田さんが苦手とするものではないかと思う。本書収録の「エンタメとアートのはなし」が典型的だったのだが、太田さんにとって重要なのは、常に「おもしろいか否か」。その「おもしろさ」は笑いにまつわることならば文字通りの「おもしろさ」だし、それ以外の事象で言えば知的好奇心をくすぐるか否かの「おもしろさ」だった。おそらく、太田さんには、くくるということへの違和感があっただろうし、くくるという思考すらないようだった。

もちろん、「おもしろいか否か」という二択も、ある種のくくりではあるが、その基準は各人の主観に大きく左右される。ある人がおもしろいと感じるものに対して他者が賛同するとは限らない。つまり、「おもしろいか否か」の選択ほど自由なものもない。「しごとのはなし」というタイトルにもかかわらず、いわゆるビジネス書とは〝くくれない〟本書最大の魅力は、そんな「太田光的自由さ」にある。まぁ、太田さん本人は「いい加減なだけ」などと言いそうな気がするけれど、少なくとも取材者は、この仕事を通して「インタビューだから××しなければならない」という囚われた思考から自由になれつつある。

仕事だからこそ「やらなきゃいけないこと」は絶対的に存在する。

でも、時には、「仕事」を「しごと」とひらがな変換して、楽しめたらなぁと思う。

最後の取材の夜。太田さんは、現在向き合っている映画の仕事（たぶん脚本執筆だ）の締め切りに追われ「そろそろ本気でやばい！」と背中を丸めて笑っていた。これだと思った。追いつめられても笑っていられる太田光的自由さが、「仕事」を「しごと」に変える魔法なのかもしれないと。まぁ、追いつめている側の関係者各位からすれば「〝そろそろ〟っていい加減すぎる！」と、笑ってられないエピソードかもしれないけれど。

（文：唐澤和也）

太田光

1965年5月13日、埼玉県生まれ。田中裕二との漫才コンビ・爆笑問題のボケとしてテレビ、ラジオで活躍。文筆活動も活発に行っており、主な著書にエッセイ『パラレルな世紀への跳躍』（集英社文庫）、『天下御免の向こう見ず』『ヒレハレ草』『三三七拍子』（すべて幻冬舎文庫）、『トリックスターから、空へ』（新潮文庫）、小説『マボロシの鳥』（新潮社）などがある。

本書は『ぴあ』の2009年11月19日号〜2011年8月4日号に連載していたトークエッセイ「しごとのはなし」を大幅に加筆・修正し構成したものです。

しごとのはなし

2011年11月 3日　初版発行

著　者　太田光

制作協力　株式会社タイタン

装　丁　寄藤文平（文平銀座）

取　材　唐澤和也（Punch Line Production）

撮　影　中川有紀子

発行人　唐沢徹
編　集　安部しのぶ

発行・発売　ぴあ株式会社
東京都渋谷区東1-2-20　渋谷ファーストタワー
03 - 5774 - 5352（編集）03 - 5774 - 5248（販売）

印刷・製本　凸版印刷株式会社

ISBN978-4-8356-1795-4